De pierre et de chair

Vanessa Trüb

DE PIERRE ET DE CHAIR

FAVRE

Éditions Favre SA
29, rue de Bourg
CH-1003 Lausanne
Tél. : (+41) 021 312 17 17
lausanne@editionsfavre.com
www.editionsfavre.com

Groupe Libella, Paris

Distribution | importation France, Belgique, Canada : Interforum
92 Avenue de France
F-75013 Paris
contact.clientele@interforum.fr

Distribution Suisse :
Office du livre de Fribourg
Route André Piller
CH-1720 Corminboeuf

Dépôt légal : septembre 2025

Imprimé par Sepec Numérique, lot 1

Mise en page : SIR
Couverture : Dedikace
ISBN : 978-2-8289-2255-9

Les Éditions Favre bénéficient d'un soutien structurel de l'Office fédéral de la culture pour les années 2020-2025.

PEFC
10-31-3532

À Lucas, Zacharie et Hannah,
Mes lumière, roc et souffle.
À mes merveilleux parents.

Oui, atteindre le point où la vérité
qui chasse les fantômes est celle-là :
l'éternelle lutte entre la fraternité et le mal absolu.

Paul Ricœur, *Réflexion faite*

CHAPITRE 1

Longirod, novembre 1973

Elle regardait ses souliers vernis. Ils lui faisaient mal, trop petits. Celui du pied droit avait un trou à l'avant, à la jonction de la semelle et du cuir. La mère lui avait dit de faire attention en marchant. De ne pas trop lever le pied. Pour pas qu'on le voie. Aussi elle avait la chaussette mouillée et le pied tout froid.

Elle avait hâte que le pasteur ait fini de parler pour rentrer mettre ses galoches.

Elle jeta un œil sur l'assistance autour de la tombe ouverte. La famille, quelques paroissiens à cause du père, pas d'amis. Personne ne pleurait.

Les mains de Serge tremblaient un peu. Son visage semblait plus calme. Moins de tics. Tu m'étonnes !

Le porc, son oncle, enfermé dans sa boîte en bois, allait descendre bien profond dans la terre.

Un sentiment mauvais s'insinua dans son cœur. Elle était contente. Contente qu'il soit crevé comme le rat retrouvé ce matin dans un des pièges de la grange. Oui, c'était ça. Contente. De toute façon le père lui disait assez qu'elle était mauvaise, une petite vicieuse.

Elle faisait attention à ne rien montrer. Elle avait remarqué depuis un bon moment que le père la regardait.

Des petits coups d'œil furtifs et à chaque fois lourds d'animosité. Ça n'allait pas être commode ce soir.

Il faudra quand même bien qu'elle mange la soupe, qu'elle avale les pierres qu'il met dedans, «le poids du péché» qu'il disait. Pas envie d'aller dormir dans le poulailler. Pas envie d'avoir le dos qui fait mal le lendemain.

Les coups de ceinture étaient devenus si forts depuis deux mois. Et ça, c'était depuis qu'il les avait vus.

Le père était rentré plus tôt du bois, il s'était blessé à la main avec la hache.

Le porc avait dû se rendre à la ville, il n'était pas allé au bois. À l'heure de la sieste de la mère, il était déjà de retour. Il l'avait chopée alors qu'elle donnait à manger aux lapins. Elle aimait bien ça. Les nourrir, les caresser. Ils étaient doux. Ils ne la mordaient pas. Elle faisait attention. Pas comme les poules qui pouvaient se bouffer entre elles. Elle les détestait.

La première fois que le porc lui avait mis son machin à l'intérieur, c'était au fond du poulailler, là où c'est sale et où ça pue. Ça avait fait mal. Moins que les coups de ceinture du père. Depuis, elle ne supportait plus l'odeur des poules et avait envie de vomir en allant ramasser les œufs, nettoyer la merde ou quand le père l'obligeait à y dormir.

Cet après-midi-là, le porc n'avait pas pris la précaution de fermer la cabane à outils. Trop pressé de la tripoter. Le père, en venant poser la hache, les avait vus, sa tête enfouie entre ses jambes, la main s'agitant sur son machin. Le porc n'avait rien dit. Il s'était mis debout tranquillement et était parti sans un mot, ignorant le père. Le père s'était tu aussi. Et ses yeux, posés sur elle, avaient dit des horreurs.

Le pasteur continuait à parler: accident terrible, dangers du métier de bûcheron, enlevé à nous trop tôt, dans la paix de Dieu…

Elle entendait la moitié des mots. La mère toussait de temps en temps, une petite toux sèche, brève. Qu'elle cachait derrière sa main gantée de laine. La bise soufflait son air sombre et glacial. Elle avait froid maintenant dans tout le corps.

Elle se demanda si le père savait aussi pour Serge et le porc. Pas sûr. Serge ne parlait jamais. Le père le traitait de débile.

Pourtant, il faisait des jolies choses en bois. Des petits moulins à eau, des bougeoirs même. Ils étaient vendus chaque année à la fête de la paroisse.

Serge était le préféré du porc. Il voulait qu'elle regarde quand il lui mettait son machin ou autre chose dans le derrière. Si elle fermait les yeux, il frappait Serge. Si elle laissait des larmes couler, il les frappait les deux. Son frère pleurait souvent après. Dans sa cachette. Elle aimait bien l'espionner quand elle s'ennuyait.

De là où elle se trouvait, elle était assez près des pierres tombales pour lire les noms et les dates inscrits dessus. Il y avait ceux des parents du père et du porc, Francis et Jeannette, nés en 1920 et 1922, morts les deux en 1960 d'une forte grippe. Ainsi que ceux d'une tante Jacqueline, la sœur de Francis, née en 1925, morte à 13 ans en 1938. En dessous, un prénom était marqué en petit. Elle n'en avait jamais entendu parler, Lison, 1938-1939. Elle devait être une cousine au père car ce dernier était né en 1941.

Elle aussi, elle aurait un jour son nom et deux dates. Pour l'instant, elle ne connaissait que la première:

6 mars 1963. Elle avait pourtant bien cru mourir, il y a deux ans, quand il lui avait enfoncé son machin dans la bouche. Elle avait failli s'étouffer. Les fois d'après, elle avait fait attention à respirer fort par le nez. En tout cas, maintenant elle connaissait la deuxième date du porc: 12 novembre 1973.

Le pasteur se mit à brailler un dernier cantique. Il fallait l'accompagner. Elle se réchaufferait un peu comme ça. Elle entonna du mieux qu'elle put.

Dans toutes nos détresses, Dieu nous protégera, soyons dans l'allégresse, le Malin s'enfuira…

Elle ne l'avait jamais dit à personne. Elle ne croyait plus en Dieu. Le père avait dû deviner. C'était sûrement pour ça qu'il la frappait en lui hurlant de se repentir.

À la fin du service funèbre, elle se débrouilla pour aller vers Ruth, la tante du père et du porc. La mère la craignait. La mère craignait la plupart des gens. La tante ressemblait à une fouine avec deux petits yeux rapprochés et toujours brillants. Elle était maigre, toute courbée. Le père disait qu'elle avait toujours été laide et bête.

– Alors ma petite, siffla-t-elle, tu dois être triste. Tu allais souvent aux champignons avec le Roger.

Elle ne répondit pas. Le porc aimait aller aux champignons avec elle pour ce qu'il lui faisait quand elle se penchait. Elle, elle n'aimait pas y aller.

Elle marcha à côté de sa grand-tante, le temps de s'éloigner du père et de la mère qui parlaient avec le pasteur. Puis elle demanda dans un souffle:

– C'est qui Lison?

– Tu n'as pas à savoir, aboya-t-elle. Puis elle enchaîna avec un petit rire grinçant : demande à ton père, c'était sa sœur après tout.

Elle n'avait jamais entendu dire que le père et le porc avaient eu une sœur aînée. Ça avait été facile de compter entre les dates, elle était morte à un an.

En tout cas, elle ne demanderait pas au père d'expliquer. Non plus à la mère. Elle n'attendait plus rien d'elle. Elle laissait le père la frapper. Elle n'essayait plus de l'en empêcher comme avant que le père sache pour elle et le porc. La mère, elle avait appris à ne plus crier depuis longtemps quand il la cognait, même devant tout le monde, même devant le porc. Elle savait juste dire que c'était sa faute. Qu'elle n'avait pas servi à manger assez vite, pas rangé les affaires à leur place… Elle trouvait toujours une bonne raison aux coups. Elle disait qu'il fallait être reconnaissants. Le père l'avait épousée alors qu'elle était une fille de rien, une orpheline. Que sa mère à elle était une honte, une folle, une fille mère. C'était pour ça que le père, à elle aussi, lui avait fait manger la soupe avec « le poids du péché ». À cause de sa mère pleine du diable. Pour qu'elle ne devienne pas comme elle. Il avait arrêté. La mère avait été malade. Presque à en crever.

Elle se dépêcha de rentrer à la ferme. Elle devait faire bouillir l'eau pour le thé.

CHAPITRE 2

Près de Marchissy, décembre 2021

Suzanne Müller était une fervente adepte de la marche nordique. Une fois les enfants à l'école, elle partait systématiquement avec son chien, pour une balade d'une heure au minimum. De son enfance en Suisse alémanique, elle gardait le goût de la rigueur dans les horaires. Sa voisine l'accompagnait régulièrement, mais ce matin, une angine tenace la clouait au lit. Elle jeta un coup d'œil par la fenêtre du salon. Le soleil faisait son apparition. Un sourire se dessina sur ses lèvres. Elle était vraiment de bonne humeur. Les vacances de Noël approchaient. Ils partiraient bientôt tous les cinq rejoindre le reste de sa famille au chalet, dans le Valais. Ils en profiteraient pour dévaler quelques belles pistes de ski. La neige était enfin au rendez-vous. Elle était tombée jusqu'au petit matin et recouvrait le paysage d'une bonne trentaine de centimètres.

Elle enfila sa veste polaire puis ses gants, attrapa au vol son bonnet à pompon rouge. Caramel grattait frénétiquement la porte d'entrée, avec les pattes de devant. C'était un jeune golden retriever particulièrement vif. Ses bâtons de marche sous le bras, elle ne prit pas la peine de fermer la porte à clé, l'avantage de la sécurité d'un village vaudois, et commença à vive allure son parcours.

Une cinquantaine de mètres plus loin, elle regretta d'avoir oublié ses lunettes de soleil sur la table d'entrée, tant la réverbération était forte. Elle choisit alors de passer à travers bois.

Au bout de dix minutes de marche rapide, une fois la colline des Mées passée, elle entra dans la forêt communale. Quel calme ! Elle marqua un temps d'arrêt. Elle essuya ses yeux d'où perlaient quelques larmes et admira tranquillement tout ce qui l'entourait : la majesté des hauts mélèzes, les effets des rayons du soleil sur la neige découpant la perfection des cristaux, les traces des pas des animaux sur la surface lisse. Elle sentait la fraîcheur vivifiante de l'air matinal sur son visage et en profita pour respirer l'air pur à pleins poumons. Elle se sentait bien, apaisée, en communion avec les éléments. Même Caramel respectait ce précieux moment volé au temps, en restant sagement assis à côté d'elle.

Soudain, un cerf accompagné d'une biche traversèrent rapidement le chemin à un peu plus de vingt mètres devant eux. Caramel partit comme un fou à leur poursuite malgré les cris de Suzanne. Peine perdue ! Elle pesta contre elle-même, se souvenant qu'elle avait refusé, par souci d'économies, les cours de dressage proposés par la vétérinaire. Elle se mit à suivre tant bien que mal les traces laissées par leur course. Elle s'enfonçait parfois jusqu'aux genoux dans un mélange de neige et de végétation en décomposition. En quelques minutes, elle fut en nage, le souffle court. La forêt, qui lui avait semblé si belle et accueillante, était en train de se transformer en lieu de cauchemar. Avec soulagement, elle vit l'orée poindre devant elle. Le soleil reprenait ses droits.

À peine sortie, elle s'offrit quelques instants de répit et entreprit de repérer l'animal. Suzanne Müller dominait les champs aux alentours et surplombait la route qui se trouvait en léger contrebas. Rapidement, elle perçut une agitation, près d'une réserve de troncs d'arbres, haute d'au moins trois mètres, en bord de route, sur un terre-plein. Au fur et à mesure qu'elle approchait, en coupant à travers les champs immaculés, elle fut en mesure de reconnaître le chien, affairé à gratter le sol. Elle était épuisée de sa traversée, mais se forçait à garder un bon pas. Elle craignait qu'il ne traverse la route sans prêter gare aux voitures qui l'empruntaient. Elle ne cessait de l'appeler. Sans aucun effet. Une sourde angoisse envahit petit à petit ses membres, diminuant certaines de ses sensations. Ses oreilles bourdonnaient doucement. Elle détestait ça. Cela lui rappelait sa paralysie lors d'un accident de ski trois ans auparavant. Sa voix commençait, elle aussi, à donner des signes de faiblesse. *Maudit chien !* Avec lui, elle craignait le pire.

D'une certaine manière, elle avait raison. Le pire était tout contre lui. Son museau en était plein. Ses griffes, ses pattes. Même le bas de son pelage si soyeux en était souillé. Du sang, de la peau, des fibres. Suzanne hurla en comprenant ce que le chien faisait, ce que son instinct lui avait dicté. Il était en train de dévorer allègrement la chair offerte à lui. L'abdomen était déjà bien entamé. Mais pas le visage. Il était presque entièrement recouvert de neige. C'était celui d'une adolescente. Elle avait les yeux ouverts. Ils ne regardaient rien de particulier. Elle était morte.

CHAPITRE 3

Le soleil, éblouissant. Appelé en urgence sur la scène du crime, l'inspecteur Nathan Redlink avait du mal à garder les yeux ouverts. Ça n'arrangeait pas son mal de tête, invasif, lancinant. Trop de vin blanc hier soir. Et pas seulement dans la fondue. À l'instant même où la portière de sa voiture se ferma, il regretta la brutalité de son geste. Effet immédiat, coup de marteau en parfaite similitude sur les deux tempes. La douleur ne lui fit esquisser qu'une légère grimace. Personne n'aurait pu la voir. Et puis, il était trop loin du lieu du meurtre. Il s'était garé à l'écart, comme à son habitude, un peu en hauteur, pour appréhender globalement la situation. Les troncs d'arbres empilés au bord de la route, sur un espace dédié au stockage des coupes avant le départ pour la scierie Pellichet, faisaient un rempart d'au moins trois mètres de hauteur, sur douze mètres de long. Pas étonnant que les conducteurs des véhicules empruntant cette petite route reliant les deux villages de Burtigny à Marchissy n'aient pas vu le corps.

Beaucoup de monde s'affairait déjà. Il reconnut les gendarmes et un policier municipal. Ils s'agitaient dans tous les sens, s'évertuant à sauvegarder les traces matérielles intactes. Ils avaient peu de temps, avant le transfert du corps à Lausanne, au Centre universitaire romand de médecine légale. Le commandant de la gendarmerie, un sexagénaire carriériste nommé Antoine Steintz, était présent, accompagné de ses acolytes. *Que du beau linge*, pensa Nathan avec ironie. Son équipe et eux devront collaborer. Pas simple. Problèmes territoriaux. Le commandant Steintz partait bientôt à la retraite. Il ne craignait rien ni personne et ferait tout pour finir avec les honneurs.

Ajda était déjà là. Elle recueillait le témoignage de celle qui avait découvert le corps. Son boss, le chef de la Police de sûreté, la lui avait mise dans les pattes deux ans plus tôt. Au premier coup d'œil, il l'avait jugée trop jeune. Il s'était trompé. Elle se révélait impeccable. Parfaitement professionnelle. D'une redoutable efficacité. Pour ne rien gâcher, elle était belle. Secrète. Et elle possédait aux yeux de Nathan une grande qualité : elle parlait peu. Sauf pour conduire un interrogatoire difficile.

Tout ce qu'il savait de sa vie personnelle, il l'avait appris dans son dossier. Née à Yverdon en 1989, père réfugié kurde, au trouble passé en Turquie, mère suisse, assistante sociale auprès des migrants. Les deux décédés, sa mère d'un cancer du sang quand elle avait 6 ans, son père d'alcoolisme quand elle en avait eu dix. Placée dans deux foyers avant d'être prise en charge par son oncle maternel, éleveur de moutons de son état. Pour sûr, elle connaissait bien le territoire où s'était déroulé le crime. La forêt, la montagne. Ses terrains de jeux. Adolescente, elle avait été championne de ski nordique.

Elle gardait un goût excessif pour le sport et forgeait son corps, comme son esprit, à l'école de la souffrance. Elle revendiquait une hygiène de vie performante. Nathan la comparait à une barre d'acier, nette, lisse, dure, froide. Un instrument parfaitement meurtrier.

Il descendit vers le groupe, conscient des regards qui se dirigeaient vers lui. Il attirait. Il ne se l'expliquait pas. Il avait juste appris à l'accepter. Certaines de ses ex, plutôt polies, parlaient de charisme ou de magnétisme. D'autres avaient mentionné lors de situations plus directes un cul musclé, des épaules carrées, des mains efficaces, une langue pas farouche. Son adjoint, Jacques Munier, disait que c'était à cause de sa belle gueule d'ange blond taillé à la serpe et la femme de Jacques, Mathilde, mentionnait ses yeux d'un bleu plus clair que l'eau des torrents. Il aimait bien Mathilde. Elle était un de ces êtres vraiment humains, donc rare. Élevée aux contes de fées et s'occupant de deux enfants en bas âge, elle travaillait à temps partiel, dans une manufacture horlogère située en vallée de Joux. Ce qui leur permettait à Jacques et à lui, chaque printemps, de bénéficier d'une journée VIP au salon mondial de l'horlogerie à Bâle, histoire de se saouler du meilleur champagne aux frais de la princesse.

Il salua brièvement les membres de la gendarmerie. Il les informa qu'il était venu dès que le procureur avait saisi son service. Histoire de rappeler l'ordre hiérarchique. En réalité, Ajda l'avait prévenu avant le procureur. Mais il était bloqué à Genève, pour l'enquête en cours, tristement banale, sur un réseau de traite de femmes, provenant de l'Est. Il était en train d'interroger une dernière fois la mineure retrouvée tabassée sur le trottoir cinq jours plus tôt.

Elle lui expliquait en détail son parcours, depuis qu'elle avait été achetée 1500 euros dans son village paumé au fin fond de l'Ukraine, jusqu'au moment où elle avait été revendue à son mac. Depuis quatre mois, plusieurs polices cantonales avaient été mises sur le coup avec Europol. Son contact à La Haye avait fait un boulot formidable et ils allaient bientôt clôturer l'affaire. Ça ferait quelques nuisibles en moins dans le circuit et un réseau démantelé d'ici deux jours. Ses nuits blanches sur le terrain étaient sur le point d'être récompensées. Il avait tout de même eu son petit plaisir perso la veille. Il avait fracassé sur le trottoir, au moment de l'interpellation, la mâchoire du salaud qui s'amusait à tatouer ses femmes comme du bétail, avec un code-barres, pour faciliter le traçage. Jacques l'avait couvert, comme d'habitude, inventant une histoire de poubelle mal placée. Il acceptait la violence de Nathan comme un défaut mineur et aléatoire. Il ne lui avait cependant jamais demandé de faire du baby-sitting pour avoir une soirée romantique avec sa femme. Nathan ne s'en vexait pas.

Il quitta les gendarmes cantonaux après quelques politesses et un regard appuyé sur Antoine Steintz pour se diriger vers Paul Scher, qui dirigeait les opérations scientifiques. Il était en train de ranger des échantillons dans la mallette des prélèvements.

– Salut Paul, dit Nathan. Tu peux me dire quoi ?

– Toujours aussi direct, répondit Paul sans un sourire. On se racontera nos vies plus tard… La victime est une jeune fille entre 15 et 18 ans. D'après sa température et la rigidité cadavérique, je suppose qu'elle a été tuée cette nuit, avant minuit. Mais avec la neige qui est tombée dès le début de la soirée d'hier, c'est plus compliqué à savoir. Après un premier examen, il semble qu'elle n'ait pas subi de violences sexuelles, ses vêtements sont sur elle. Je ne connais pas encore la cause exacte du décès. Une blessure à l'arrière de la tête très probablement. Une faible partie de l'abdomen et des intestins sont mangés, sûrement par le chien de la promeneuse qui a découvert le corps. On va examiner le chien avec le véto dès notre retour à Lausanne. Il va le conditionner dès qu'il arrive.

Paul avait du mal à encaisser. Ses traits étaient tirés. Il fuyait son regard. Il était lui aussi père d'une adolescente. Et cette pensée ne devait pas cesser de trotter dans sa tête.

– Une idée de l'arme utilisée? demanda doucement Nathan.

– Un objet lourd qui lui a ouvert le crâne sur cinq centimètres. Ça l'a assommée directement et a priori tuée. Les traces de sang trouvées sous la neige montrent que le crime s'est passé ici. Elle ne s'est pas débattue. Elle n'a pas été déplacée. La plaie qui part du haut du sternum jusqu'au bas-ventre mesure au moins vingt centimètres. Je dirais que ça a été fait avec un couteau qui doit ressembler à celui qu'utilisent les bouchers pour éviscérer. Une lame de dix centimètres de long environ sur deux de large. C'est propre.

– Y a du savoir-faire?

– Je dirais que oui. Surtout que le cœur manque, et que les poumons n'ont pas été abîmés au moment du prélèvement. Le chien a fait son en-cas plus bas.

– Le meurtrier a enlevé le cœur ? interrogea Nathan en interrompant Paul.

– Oui, confirma Paul. Et comme tu vas me poser la question, non, on ne l'a pas retrouvé dans le coin. Ni aucune des affaires appartenant à la victime, pas de téléphone portable. Nous n'avons pas encore pu l'identifier. Elle semble avoir été plutôt en bonne santé. Cependant, à la place du cœur, une pierre, plutôt boueuse, a été déposée. Elle a sûrement été prise pas loin.

– Pour toi, elle était vivante quand le meurtrier lui a ouvert le corps ? questionna Nathan en regardant loin derrière lui.

– Je ne pense pas, répondit Paul après un temps d'hésitation. Il faut que je confirme ça au labo. Je laisse l'équipe finir avec le relevé des indices et des échantillons sur place et je pars avec le véto. Je m'occupe de suivre l'autopsie, qui devrait se dérouler cet après-midi, vers 17 heures je pense.

– Ok, ajouta Nathan. Tu m'appelles dès que tu as les premiers résultats toxicologiques, s'il te plaît. Un membre de l'équipe passera en début de soirée.

Paul approuva d'un mouvement de tête et le regarda droit dans les yeux, quelques secondes. Comme pour lui dire qu'il fallait faire le boulot, vite. Éliminer la possibilité d'un nouveau meurtre avec le même mode opératoire. Autrement, ce serait insupportable. Pour lui, pour d'autres. Nathan comprit. Il inclina la tête et le laissa passer en direction de la fourgonnette du véto qui arrivait.

Ajda le rejoignit. Il sentit sa présence derrière lui.

– T'en penses quoi ? demanda Nathan sans même se retourner.

Il fixait le paysage, attendant le moment propice pour s'approcher du corps.

– Une pulsion sadique avec une mise en scène minimaliste ? Le meurtre s'est passé ici, avec une vraie prise de risque, du fait de la route juste à côté. Je ne comprends pas la logique.

– Ratisse les environs, cherche une grosse pierre avec des traces, cheveux, sang, un téléphone portable, un sac à dos peut-être, puis donne la priorité à l'identification. Essaie de savoir s'il existe des précédents avec d'autres cas où une pierre est mise à la place du cœur.

– Et pour ce qui a servi à lui ouvrir le ventre ?

– Jacques s'en occupera.

– Il est où ?

– Sur la route. Retenu par la gastro du deuxième. Quoi d'intéressant avec le témoignage de la propriétaire du chien ?

– Elle est doublement choquée. Par la découverte du corps et par le fait que son chien ne mange pas que des croquettes sous cellophane.

– Ironique dès le matin, Ajda ? murmura-t-il en la regardant.

– Elle ne comprend pas, répondit-elle sans baisser les yeux, je cite, que ce « genre d'horreur » puisse se passer ici. C'est une madame bien sous tous rapports, vie réglée comme une horloge suisse. Trois enfants, un gentil mari qui travaille à Genève, un chalet en Valais et une maison qui doit être idéalement décorée pour Noël… Elle est partie faire sa promenade matinale à 8h30, avec son jeune chien dans les bois, Caramel de son petit nom. Il a suivi la piste d'un cerf et d'une biche, puis il a senti le corps. Le temps qu'elle le rejoigne, il avait déjà commencé à manger quelques morceaux du cadavre. Elle s'est mise à hurler, a averti la police avec son téléphone portable, puis a arrêté la voiture du monsieur là-bas qui attend que vous le voyiez pour pouvoir partir. Elle n'a repéré aucune trace de pas à part ceux de son chien sur la neige en coupant à travers champs depuis le bois derrière vous. Elle a effectué un trajet de cette colline à ici, soit trois bons kilomètres. Et elle n'a croisé personne pendant sa balade.

Ajda décrivit le parcours en faisant un demi-cercle avec son bras.

– Des traces de pas autour du corps ?

– Celles du chien, de Suzanne Müller, c'est le nom du témoin, et d'Alphonse Ribans, le conducteur arrêté par Madame Müller. Pour le reste, la neige tombée cette nuit a tout recouvert, sauf la trace du pneu d'une voiture située vers le début des troncs d'arbres sur la droite. Un relevé va être fait. Mais rien ne dit que c'est en lien avec notre affaire.

– On ne peut donc pas savoir si la victime venait du bois ou de la route. Si elle était à pied, à moto, à vélo ou en voiture avant d'être tuée. Accompagnée ou seule, conclut Nathan.

Jacques arriva à ce moment, sa Renault Espace couleur bleu ciel gémissant dès qu'il appuyait sur l'embrayage. Il était temps de la changer mais les finances ne suivaient pas, la majorité familiale préférant les voyages aux voitures. Il rejoignit Nathan et Ajda, qui avaient interrompu leur discussion, pendant qu'il se garait bruyamment sur le côté.

– Salut la compagnie, dit-il les yeux cernés. Quoi de neuf?

– J'espère que Zacharie va mieux? demanda Nathan.

– Bof, répondit-il en se passant la main sur le visage. Il ne vomit plus mais il a très mal au ventre. D'ici ce soir ça ira mieux. La voisine s'en occupe jusqu'à ce que Mathilde rentre, en début d'après-midi. Et par ici, il se passe quoi?

– Ajda va te briefer. Je vais voir le corps puis deux témoins. Tu me rejoins après.

Nathan partit vers le cadavre en entendant le soupir d'Ajda qui allait devoir expliquer la situation à Jacques. Il aimait bien décortiquer tout ce qu'Ajda disait. Et ça l'énervait. Mais il serait parfaitement au clair sur l'état actuel de l'affaire.

Nathan s'approcha du corps en faisant abstraction de tout le reste. Il s'imprégnait de l'environnement immédiat, notant les moindres détails. La jeune fille était allongée sur le dos, droite, jambes serrées, à un mètre derrière les troncs d'arbres, les pieds en direction de la route, les bras en croix. La neige recouvrait la plupart de son corps, là où le chien ne l'avait pas touchée. La tête avait été soulevée par Paul. Elle portait un jean avec une ceinture fermée, des baskets, une doudoune marron ouverte, un t-shirt et un pull noir divisés en deux parties qui découvraient son torse et son ventre mutilés. Rien de bien luxueux côté fringues, du basique d'ado. Il s'accroupit près d'elle. Elle avait les cheveux châtain clair avec des mèches blondes, des yeux bleus, un nez fin et une bouche peu charnue. Elle portait une paire de boucles d'oreilles en or, des créoles au diamètre imposant. Il laissa son regard s'attarder sur ses mains. Elles n'étaient pas encore mises dans les sachets hermétiques et restaient cachées par la neige. Il prit le stylo dans la poche de sa veste et déblaya doucement les doigts. Les deux paumes étaient en direction du ciel. Elle portait deux bagues fantaisie au majeur et à l'annulaire gauche, ainsi qu'une à la main droite. Il les retourna délicatement pour en voir le dessin. Rien de particulier, des anneaux entrelacés pour la main gauche, une pierre semi-précieuse pour la main droite. Il remarqua des taches sur le début de la manche droite, au niveau du poignet, l'avantage du noir. Il approcha son nez. Une odeur de vomi était bien distincte. Il étudia plus en avant ses cheveux et trouva la même odeur. Il en parlerait à Paul avant le début de l'autopsie. Il prit le temps d'analyser la plaie béante du ventre. Il distinguait la pierre, partiellement recouverte par les poumons, mais ne constata aucun autre coup de couteau. C'était du travail bien fait. Il se releva et fit très lentement le tour du corps, en s'approchant des troncs d'arbre. Il avait en tête une idée bien précise. Il trouva rapidement ce qu'il cherchait, ses yeux se plissèrent légèrement. Des éclaboussures contre un tronc. Le soleil faisait son effet, la neige avait assez fondu pour laisser voir les restes digérés de ce qui avait dû être le dernier repas de la victime. Il appela Paul qui fit de nouveaux prélèvements. Un scénario possible commençait à se former dans sa tête. Les résultats toxicologiques l'aideraient probablement à le valider.

Nathan se dirigea ensuite vers le conducteur de la voiture arrêtée par Suzanne Müller. Il semblait agité et écrasa nerveusement sa cigarette en le voyant s'approcher.

– Merci d'avoir attendu monsieur Ribans, dit Nathan.

– Oui, presque une heure que je suis là ! J'ai des clients à voir, répondit-il mécontent. J'ai déjà raconté deux fois ce qui s'est passé. Je veux bien aider mais là, il y a de l'abus.

– Je comprends, enchaîna calmement Nathan. Je vais être bref, quelques questions seulement, ça ne sera pas long.

L'homme se détendit instantanément.

– Vous alliez voir un client à Marchissy, n'est-ce pas ?

– C'est exact, affirma-t-il, je vais chez Louis Himbert. Je dois poser les baguettes extérieures de sa nouvelle porte. L'usine s'est trompée dans les mesures. Alors mon patron a recommandé les bonnes. Je travaille à Nyon pour l'entreprise de Monsieur Rougemont.

– Depuis longtemps ?

– Presque trente ans. J'ai toujours été chez lui.

– Vous connaissez bien les lieux alors…

– Ben oui, répondit-il sur la défensive.

– Est-ce que cette route est assez fréquentée ?

– Je dirais que non et encore moins quand il y a de la neige.

– Vous connaissez Suzanne Müller ?

– Non, jamais vue avant, dit-il en allumant une nouvelle cigarette.

– Et la victime ?

– Non, jamais vue non plus, marmonna-t-il en recrachant la fumée.

– Vous l'avez bien regardée ?

– J'ai vu ce qu'il fallait voir, répondit-il d'une voix sourde. Je n'ai pas aimé. Je ne la connais pas, c'est tout. Je me suis juste arrêté, sinon j'aurais écrasé Madame Müller qui hurlait sur la route. Elle tenait son chien et m'a montré la pauvre petite. Puis la police est arrivée. Je n'ai rien pu aider.

– Je peux jeter un coup d'œil dans votre fourgonnette ?

– Ouais, si vous voulez.

– Merci. Une dernière question, continua Nathan en se dirigeant vers le véhicule. Vous étiez où cette nuit ?

– Chez moi, répliqua vivement Ribans.

– Seul ?

– Avec ma femme. Pourquoi ?

– Simple routine, rassura Nathan.

Il ouvrit les portes arrière de la fourgonnette alors que Jacques le rejoignait. Monsieur Ribans s'agitait à nouveau. Du matériel de base pour poser les portes, une porte en bois, des baguettes, un sac en toile avec sandwichs, une bouteille de vin entamée et une bouteille isotherme de café… Pas de couteau.

– C'est bon monsieur Ribans. Bonne fin de journée. Nous vous contacterons à nouveau si besoin, assura Nathan en le congédiant.

Il partit sans demander son reste. Il avait besoin de son verre. Il boirait directement au goulot avant d'entrer dans le village. Nathan le regarda partir et se tourna vers Jacques.

– Contacte sa femme, Madame Ribans à Nyon. Vérifie qu'il était bien chez lui cette nuit et fais de même avec Louis Himbert à Marchissy pour voir s'il avait bien rendez-vous chez lui ce matin. Il doit y poser des baguettes pour sa nouvelle porte. Regarde dans le fichier s'il a des antécédents pour conduite en état d'ivresse.

– Ok, confirma Jacques en se dirigeant vers sa vieille Peugeot.

Nathan prit une profonde respiration avant de se rendre près de Madame Müller. Elle était assise dans une voiture de la police cantonale et semblait calme. Nathan s'assit à côté d'elle, le froid commençait à se faire sentir.

– Bonjour madame Müller, dit-il en lui serrant la main.

Elle était chaude, presque molle. Il reprit :

– Je suis l'inspecteur Nathan Redlink. Merci d'avoir attendu. Ma collaboratrice m'a expliqué votre marche qui a abouti à la découverte du corps, impliquant votre chien, Caramel je crois ?

– Oui, c'est ça, inspecteur, souffla-t-elle. Il est parti sur Lausanne. Je dois le récupérer demain matin. Je suis bouleversée par ce meurtre terrible.

– Je comprends. Vous ne connaissiez pas la victime et vous n'avez vu personne sur votre chemin. Est-ce exact ?

– Tout à fait.

– Je vais vous faire raccompagner chez vous. Merci d'avoir attendu. Laissez-nous vos coordonnées si vous devez vous absenter. Voici ma carte, dit-il en lui tendant le précieux sésame contenant son numéro de portable. Vous pouvez m'appeler n'importe quand si quelque chose vous revient, même si cela vous semble insignifiant.

– Merci inspecteur, répondit-elle le regard troublé.

Ils se séparèrent sur une poignée de mains. Il donna ses instructions à un policier qui partit dans la foulée la ramener chez elle.

Nathan se tourna pour entrevoir Ajda qui s'enfonçait à travers champs après avoir exploré les environs. Elle reviendrait dans une paire d'heures. Elle aurait alors tout ratissé, méticuleusement, sur trois kilomètres à la ronde. L'instinct du chasseur reprenait ses droits sur elle. *Parfaite*, pensa-t-il un léger sourire aux lèvres, *elle est parfaite.*

CHAPITRE 4

Le corps était en train d'être enlevé avec mille précautions quand le commandant Steintz lui fit signe de venir le voir. Il se tenait près de sa voiture, le micro de la radio du central à la main. Son visage était fermé. Il accusait le coup. Le meurtre d'une jeune fille, ce n'était pas son lot quotidien.

– L'identité de la victime est en train d'être confirmée, expliqua-t-il à Nathan d'une voix blanche. La disparition d'une adolescente de 17 ans vient d'être signalée au poste de Nyon par téléphone. La description physique, les habits, ça correspond… C'est pas possible… J'ai les coordonnées de la personne à contacter. Madame Dutroit à Gilly. La petite, ça serait Aurélie, née le 24 mai 2004. C'est une famille de viticulteurs depuis plusieurs générations. Des gens simples… Je connais Sylvain, le père de la victime, et Roland, le grand-père, depuis mon enfance. La petite, ça fait un bail que je l'avais plus vue…

Il s'appuya sur la porte de la voiture, bouleversé. Nathan posa une main sur son épaule.

– Je vais aller vérifier ça… et annoncer aux parents.

– Je viens avec vous, répondit le commandant Steintz le souffle court.

Nathan acquiesça d'un bref hochement de tête, touché par l'émotion du vieux chef. Ils décidèrent de prendre sa voiture. Il envoya par texto à Jacques et à Ajda la confirmation de l'identité de la victime, reçue dans la foulée grâce à la transmission de la photo de son passeport.

En moins de vingt minutes, ils étaient devant la porte de la maison qu'occupait Dutroit fils.

C'était une grande bâtisse familiale en pierres, surplombant les vignes avec une vue magnifique sur le lac et le sommet immaculé du Mont Blanc. Un petit tracteur était garé sur le devant et une Clio se tenait à ses côtés. Un labrador les accueillit avec quelques aboiements soutenus. Cela fit sortir immédiatement la maîtresse de maison, à savoir Lise Dutroit.

Lise avait une bonne quarantaine, le visage tanné par les heures de soleil dans les vignes. Des fils d'argent commençaient à prendre place dans sa chevelure brune. Quand elle vit le commandant Steintz et la compassion insoutenable dans son regard, une panique sourde l'envahit. Ce fut comme si elle recevait un coup de poing brutal dans le ventre, au plus profond des entrailles. Elle se plia légèrement en deux, comme pour parer le coup d'après.

Son mari la rejoignit sur le pas de la porte. Trapu, les traits tirés par l'angoisse, il passa un bras protecteur autour des épaules de sa femme. Si le commandant était là, ça ne pouvait être que grave. Et le genre de douleurs que le grave provoquait, il connaissait. Il n'en voulait plus.

– Pas ça, non pas ça, murmura-t-il un sanglot dans la gorge.

Après de brèves présentations, ils entrèrent dans la pièce principale jouxtant la porte d'entrée.

Ils s'assirent autour de la table dans la partie cuisine qui faisait aussi office de salle à manger. L'intérieur était classique, propre, avec beaucoup de bois. Sur les murs, au plafond, au sol. Des photos de famille étaient posées sur les meubles et aussi collées sur la porte du frigidaire, entre les emplois du temps de l'école et celui de la gym du petit frère. Les clichés présentaient des sourires, nombreux.

Sylvain Dutroit leur demanda d'une voix blanche s'ils avaient des nouvelles de leur fille, les mains serrées l'une contre l'autre, pour lutter contre l'angoisse envahissante.

– Oui, nous en avons, annonça doucement Nathan. Pouvez-vous nous dire, s'il vous plaît, depuis quand vous n'en avez pas eu ?

– Hier midi, répondit tout de suite Lise dont le corps était parcouru de tremblements. Elle m'a envoyé un message pour dire qu'elle irait dormir chez sa tante, après la répétition de la fanfare à Bursins. Comme elle a cours à 7h50 au lycée qui est à une quinzaine de minutes à pied de chez ma sœur, cela l'arrange. Elle fait ça régulièrement. Elle n'a pas à prendre le bus scolaire et gagne une heure de sommeil. J'ai envoyé des messages à Aurélie ce matin un peu avant 8 heures, mais elle ne m'a pas répondu. Et quand j'ai eu ma sœur au téléphone juste après, elle m'a dit qu'Aurélie n'était pas venue. Parfois, elle dort chez son copain qui habite aussi Bursins. J'ai téléphoné à Damien. Il commence son apprentissage qu'à 9 heures le matin. J'avais besoin de dire à Aurélie que je passerais à la pause de 10 heures pour lui donner sa raquette de badminton qu'elle avait oublié, pour son cours de sport de cet après-midi. Mais Damien m'a dit qu'Aurélie était partie à pied chez sa tante, après la fanfare. À peine j'ai raccroché que la vie scolaire envoyait un message pour signaler l'absence non justifiée d'Aurélie pour le premier cours. Alors j'ai paniqué… Aurélie m'envoie toujours des nouvelles ! Et après avoir téléphoné au lycée, puis avoir passé plusieurs messages aux copines d'Aurélie qui ont dit ne pas savoir où elle est, j'en ai parlé à mon mari et on a appelé la police. Antoine, que se passe-t-il ? Où est Aurélie ? Qu'est-ce qu'elle a ?

Lise avait parlé d'une traite, sans reprendre son souffle, le visage crispé par l'inquiétude. Son mari posa sa main sur la sienne, pour essayer de l'apaiser. Il n'avait pas quitté Nathan des yeux pendant que sa femme parlait. Il se doutait du pire. Le commandant Steintz se racla difficilement la gorge.

– Sylvain, Lise, je suis tellement désolé. Aurélie a été trouvée ce matin. Elle est décédée.

Un cri étouffé, un corps qui s'effondre. Sylvain n'avait pas réussi à retenir sa femme, qui glissa de sa chaise pour finir évanouie sur le sol. Il la regardait, lui-même totalement paralysé par la douleur.

Nathan aida la mère d'Aurélie à revenir à elle et la fit s'asseoir doucement. Sylvain éclata en larmes. Lise fut prise de convulsions et Nathan l'entoura de ses bras, pour essayer de la contenir au mieux.

Puis, il fallut attendre le médecin et expliquer l'horreur. Où, comment… Avec des mots choisis, mais qui étaient autant de poignards enfoncés dans le cœur des parents. Le commandant Steintz fit appeler d'autres membres de la famille pour les entourer.

Nathan posa entre-temps les questions urgentes, pas le choix. Le programme des parents la veille, le numéro de téléphone d'Aurélie, où trouver son copain ainsi que le responsable de la fanfare, qui sont ses meilleures amies, comment les joindre, avait-elle des problèmes, son comportement avait-il changé ces derniers jours ?

Puis 10h30 sonnèrent. Nathan partit de son côté, le commandant se faisant ramener un peu plus tard par un membre de son équipe sur Lausanne. Steintz allait gérer certaines tâches administratives, pour accéder au contenu du téléphone d'Aurélie via son opérateur. Le dossier serait transmis à Ajda dès que possible.

Jacques passerait dans l'après-midi interroger les parents, ainsi que les différents membres de la famille proche, pour retracer le fil de l'histoire d'Aurélie, avec une attention particulière pour les dernières semaines. Il savait écouter, entendre au-delà des mots.

Nathan, au volant de sa voiture en direction de Bursins, sentit la colère traverser son corps de part en part. Il en avait la certitude. Il trouverait le meurtrier. Celui qui avait ôté la vie à Aurélie et le goût de celle-ci aux siens.

CHAPITRE 5

C'était moins d'un mois après que le sang avait coulé pour la première fois entre ses jambes. Environ deux ans après la mort du porc. Elle se le rappelait bien. Le père avait crié plus fort que d'habitude. Il avait cogné la mère plus fort aussi. Serge s'était réfugié sous le lit de leur chambre mais elle, elle avait tout écouté, cachée en haut de l'escalier. Elle n'avait pas peur, elle ! Pas comme la mère qu'elle entendait pleurnicher, supplier le père.

Elle ne comprenait pas tout mais le père hurlait que jamais il donnerait un centime pour que la folle soit enterrée avec les autres au cimetière. Que sa place était dans la fosse commune. Qu'à l'asile, les gardiens feraient bien mieux de brûler son corps. Qu'elle avait toujours été possédée par le Malin et que la mère devait arrêter de la nommer. Qu'elle devait avoir honte d'oser lui en parler à nouveau, alors qu'il avait accepté de se marier avec elle, la fille de la folle, la fille de la démoniaque. Avec elle, fille d'une diablesse, qui avait apporté le mauvais œil dans sa famille.

Ah, qu'il était content qu'elle soit crevée la vieille folle ! Il répétait que la morte avait toujours été qu'une sale menteuse et que la mère n'avait pas intérêt à la lui faire à l'envers, sinon il la foutrait dehors avec ses sales gosses.

Puis le père était sorti en claquant la porte et en laissant la mère inconsciente sur le carrelage glacé de la cuisine.

Elle était alors descendue, s'était assise sur une chaise en attendant que la mère retrouve ses esprits. Elle voyait bien qu'elle respirait encore. La mère s'était relevée péniblement au bout de longues minutes, se remettant à pleurer en silence. Elle s'était passé le visage à l'eau froide, laissant le jet couler le long de sa joue pour faire arrêter le filet de sang. Puis elle s'était assise en face de sa fille, ses mains tremblaient encore.

– Ma mère est morte. Tu ne la connais pas. Elle était dans une maison pour fous avant même ma naissance. Après l'orphelinat, le pasteur m'a placée dans la famille de ton père. Pour aider aux vaches. Ils ont accepté, alors qu'ils savaient que j'étais fille d'une folle. D'une démoniaque.

La mère disait plus que trois mots d'affilée. Il fallait en profiter.

– C'est quoi une démoniaque ?

– Elle avait le diable en elle, répondit la mère d'une voix lasse. Une fois je suis allée la voir, peu de temps après ta naissance. Elle avait une pneumonie, elle devait bientôt mourir. Le docteur avait demandé que j'y aille. Quand elle m'a vue, elle n'a pas compris qui j'étais.

La mère s'arrêta un instant, soupira puis reprit de la même voix monocorde :

– Elle n'arrêtait pas de répéter une histoire de berger. Que ce n'était pas le bon berger… Que c'était le mauvais

berger, qu'il était le diable. Que c'était le Malin. Que le bon berger n'existait pas... Elle blasphémait. Jésus est le bon berger, c'est notre berger. Je suis vite repartie et elle n'est pas morte. Je n'y suis pas retournée. Le père ne veut pas qu'on l'amène au cimetière d'ici. J'irai à la maison pour fous seule demain pour l'enterrement. C'est loin, vers Fribourg. Tu t'occuperas de la soupe, tu n'iras pas à l'école.

Elle acquiesça en silence. Une grand-mère folle, avec le diable en elle. Manquait plus que ça. Et la mère, une fille de la honte, qui serait absente demain. Elle se barrait dans le canton de Fribourg pour au moins un jour. Les pierres dans la soupe et les coups, ça allait être pour elle, c'était sûr. À moins que Serge ne fût dans les parages au même moment...

CHAPITRE 6

Nathan s'arrêta devant le garage Duller. Il avait mis le patron au courant de sa venue et avait vérifié auprès de lui que Damien était sur place. L'apprenti était bien à son poste depuis 9 heures, comme d'habitude. Il montait des pneus neige. L'inspecteur l'avait tout de suite reconnu. Le même visage anguleux rempli d'acné que sur une des photos collées sur le frigo. Qu'est-ce qu'Aurélie avait bien pu lui trouver ?

Le patron, un grand gaillard bedonnant, vint à sa rencontre. Il avait les sourcils froncés et semblait assez soucieux. Que la police vienne interroger un de ses employés, cela ne faisait pas une bonne pub auprès de ses clients qui déposaient ou récupéraient leur tas de ferraille.

Nathan montra sa carte et lui demanda un endroit pour parler avec Damien, à l'abri des regards. Il était majeur depuis deux mois, ce qui lui permettait de l'interroger en privé. Le patron désigna son bureau et partit à l'accueil pour un client. Nathan s'approcha tranquillement de Damien, qui n'avait pas remarqué son arrivée.

Le jeune homme ne semblait pas très vif et poussait des petits soupirs. Pas très motivé le gamin… Grand, maigre, il avait la moitié du visage mangé par une large mèche de cheveux blonds pas bien propres.

Nathan l'interrompit dans son travail. Damien se releva, un pneu abîmé entre les bras.

– C'est pour quoi ? demanda le jeune homme d'une voix traînante.

Nathan planta son regard dans le sien. Les cernes creusaient son visage. Ses yeux étaient rougis. Les pupilles dilatées.

– T'es bien Damien, le petit copain d'Aurélie ? dit Nathan en s'approchant un peu plus.

– Oui, pourquoi ? confirma-t-il surpris.

– Tu l'as vue quand la dernière fois ?

– Qu'est-ce que ça peut vous faire ? répondit-il hargneux. Vous êtes qui ?

Nathan sortit sa carte de sa poche et la lui mit sous le nez.

– Police.

Damien écarquilla les yeux d'étonnement et ouvrit la bouche de stupeur. C'était bien la première fois que la police venait le voir.

– Alors, la dernière fois, c'était quand ?

– Hier soir. Mais pourquoi vous me demandez ça ? Il se passe quoi avec Aurélie ?

– Hier soir à quelle heure ? Où ?

– Devant la salle des fêtes, ici à Bursins. Après la répétition avec la fanfare, vers 21h30. Mais qu'est-ce qui se passe avec Aurélie ? répéta-t-il plus fort, avec inquiétude.

Nathan le fit passer dans le bureau, en marchant derrière lui, tout près. Le gamin n'en menait pas large et s'assit sur un des sièges réservés aux visiteurs. Nathan prit la chaise du patron, la fit glisser en la faisant grincer sur le sol et s'assit en face de lui, le regard toujours planté dans le sien.

– Tu ne devais pas la ramener chez sa tante après la fanfare ?

– Non, répondit-il mal à l'aise. Elle y est allée à pied.

– Et pourquoi elle n'a pas dormi chez toi ? Ça lui arrivait, non ?

– Elle n'a pas voulu, murmura-t-il en baissant la tête. Mais pourquoi vous me demandez tout ça ?

Nathan sentit que le gamin se refermait comme une huître. Il devait orienter ses questions autrement.

– Je vais t'expliquer dans un moment. Je comprends que tu te demandes ce qui se passe.

Le gamin se redressa légèrement. Nathan continua.

– Depuis combien de temps vous êtes ensemble ?

– Ça fait plus d'un an, enchaîna Damien, avec une certaine douceur. Depuis la soirée de la fête des récoltes de Gilly l'année dernière.

– Vous vous connaissiez avant cette soirée ?

– Ben oui, avec Aurélie, on a souvent été dans la même classe, parce que j'ai redoublé en primaire. Mais depuis septembre, je suis en apprentissage et elle, elle continue le lycée.

– Ça va bien entre vous ?

Damien hésita un instant.

– Ouais, ça va, dit-il en haussant légèrement les épaules.

– Tu n'as pas l'air convaincu ? reprit Nathan en durcissant la voix. Vous vous êtes disputés hier soir, non ?

– C'est Pauline qui vous a dit ça? lança-t-il avec une certaine colère. Elle n'y comprend rien, celle-là!

Damien devenait de plus en plus nerveux.

– Tu es en manque Damien? demanda Nathan en basculant son torse vers lui. Tu as besoin d'en fumer un?

– Qu'est-ce que vous voulez? se mit à crier Damien en se levant brusquement. C'est quoi ce délire?

Nathan bondit aussitôt de sa chaise et lui tordit le bras, tout en lui écrasant le visage contre le mur.

– Tu te calmes mon grand et tu me réponds, lui cria Nathan dans l'oreille. Qu'est-ce qui s'est passé hier soir avec Aurélie?

– Mais rien, rien, répondit Damien qui commençait à paniquer.

Nathan le reposa brutalement sur son siège.

– On s'est disputés, ajouta Damien en pleurnichant, car elle trouve que je fume trop et que je suis trop gamin. Et ça m'a énervé car elle n'est pas ma mère. Alors elle s'est cassée et ça m'a gonflé de lui courir après. Et Pauline, sa copine, elle était là avec nous et elle en a rajouté une couche après et je me suis aussi embrouillé avec elle. J'ai essayé d'appeler Aurélie, après… Plusieurs fois… Elle n'a pas répondu. Mais putain il se passe quoi?

Damien angoissait. S'il était avec Pauline hier soir, l'amie d'Aurélie, il était a priori hors de cause. Nathan lui parla plus calmement:

– Écoute Damien, je suis désolé de toutes ces questions et de t'avoir secoué un peu. Mais c'est important. Tu es sûr de n'avoir pas revu Aurélie après avoir quitté Pauline?

– Non, je vous l'ai déjà dit. Je suis rentré chez moi après. Et elle n'a pas répondu à mes messages.

Sa voix était plaintive.

– Tu étais avec quelqu'un ensuite chez toi ?

– Oui, j'habite chez ma mère. Elle était là avec moi. Elle m'a même pris la tête parce qu'après j'ai mis le son de la PlayStation trop fort ! Mais j'étais énervé !

– Ok Damien. Respire. Calme-toi, redescends.

Nathan posait sa voix de manière à l'apaiser. Damien retrouva petit à petit un souffle moins saccadé.

– Damien, il s'est passé quelque chose de très grave, continua Nathan. Aurélie a été retrouvée morte hier soir. Il faut que tu viennes avec moi pour que je prenne ta déposition. On va avertir ta mère. Elle te rejoindra bientôt. Tu comprends ce que je viens de te dire ?

Damien hocha la tête lentement, complètement sonné. Puis il se mit à pleurer comme un gosse, les poings sur les yeux, la morve lui coulant du nez.

– J'ai besoin que tu me donnes ton téléphone. C'est ok pour toi ?

Damien le sortit de sa poche de derrière et le lui remit automatiquement en sanglotant.

Nathan laissa Damien à sa peine. Au bout de longues minutes, toujours sous le choc, il se mit debout, tenu fermement par Nathan. Il le fit monter dans sa voiture, sous le regard figé du patron. Nathan ne voulait pas perdre de temps. Dans ces villages vaudois, la nouvelle du meurtre d'Aurélie allait se répandre plus vite qu'une traînée de poudre.

CHAPITRE 7

Nathan envoya rapidement des messages vocaux à ses coéquipiers. Jacques devait rejoindre Pauline à son lycée afin de la mettre à part, pour qu'elle n'apprenne pas le décès d'Aurélie. Il voulait l'interroger à froid. Il était crucial qu'elle puisse confirmer ou non les propos de Damien et qu'elle explique sa version de la dispute.

Mineure, Pauline devait être accompagnée par un de ses parents. Jacques allait avertir le proviseur pour qu'une salle leur soit mise à disposition et faire patienter Pauline en les attendant. Puis, il irait interroger la famille proche d'Aurélie.

En parallèle, Ajda devait le rejoindre au poste à Lausanne, pour prendre en charge la déposition de Damien, puis contacter et vérifier auprès de sa mère qu'il avait bien passé la nuit à leur domicile.

Ajda venait de finir de ratisser les alentours en moins de deux heures. Elle avait envoyé un texto pour dire qu'elle n'avait rien repéré de spécial. Jacques répondit à son tour, au même moment. À croire qu'ils s'étaient synchronisés. Le message était court et clair comme de l'eau de roche. Tout était normal concernant le rendez-vous pour la pose des baguettes de la porte de Monsieur Himbert. Rien de spécial sur l'ouvrier Ribans.

En arrivant au commissariat, Nathan s'arrêta au distributeur du rez-de-chaussée, pour prendre deux cafés, un pour Damien et un pour lui. Le goût était insipide, mais un peu de sucre et de chaleur allait faire son petit effet bienfaisant. Damien le suivait comme un automate, ne le lâchant pas d'une semelle. Dans cet univers anonyme et hostile, Nathan devenait son seul point de repère.

Ils montèrent au deuxième et entrèrent dans les locaux de son unité fédérale. Il le fit passer dans une salle réservée aux interrogatoires, récupéra son téléphone portable, lui expliqua la procédure puis lui demanda de patienter le temps que sa collègue arrive. Damien était toujours silencieux et choqué, quelques sanglots s'échappant de temps à autre de ses lèvres.

Nathan entra ensuite dans son bureau avec vue sur le lac. Il le regarda quelques instants, se concentrant uniquement sur ses eaux. Pas une vague, il était calme, miroir d'un soleil d'hiver aveuglant.

Ajda sortit à ce moment-là de l'ascenseur et le rejoignit directement. Elle avait les cheveux mouillés après une brève douche dans les locaux du sous-sol, une barre de céréales à la main. Elle avait passé des affaires de rechange, constamment à disposition dans le coffre de sa voiture, une habitude de ses années de sport intensif. Et toujours dans le même style. Un jean, des baskets, un pull dans les tons sombres.

Une barre de fer, efficace, prête pour tous les usages, pensa à nouveau Nathan.

Elle s'assit dans le fauteuil au dossier droit et dur, juste en face de lui. Pas de confort dans cette pièce. Pas de superflu. Elle appréciait ce trait de caractère de son patron. Rester dans l'essentiel. Son bureau ressemblait au sien, en plus grand. Impersonnel, fonctionnel, rangé. Une armoire blanche était posée contre le mur du fond, fermée à clé, contenant des dossiers suspendus. Des étagères prenaient presque tout le reste de la place, pliant sous le poids de livres et d'autres documents de travail. Ils étaient classés méticuleusement dans des chemises cartonnées, dans une pauvre esthétique de camaïeu marron. Une large table de travail en verre, avec un ordinateur et une vieille imprimante dessus, trônait au milieu de la pièce. Une seule concession à ce minimalisme était deux dessins punaisés sur le mur de droite, cadeaux de Jade, âgée de 6 ans, fille aînée de Mathilde et de Jacques. Tout était dans la transparence des matières, rien dans celle des personnes.

– Tu confirmes que pour toi, Aurélie n'est pas venue par les bois mais par la route et que l'hypothèse d'un tueur en planque dans les alentours est peu probable, au vu de la géographie du terrain ? demanda directement Nathan.

Ajda opina de la tête et partagea l'état de ses réflexions. Elle n'avait remarqué aucune trace de pas ni de branches cassées aux endroits stratégiques. Rien n'avait été déplacé. Elle n'avait pas trouvé de mégots ou d'autres détritus sous la neige. Pour elle, le meurtrier était arrivé par la route. Il avait attendu la victime derrière les troncs d'arbres coupés ou alors il était venu avec elle avant de la tuer. Les traces laissées sur sa veste et sur les troncs indiquaient qu'elle avait vomi juste avant le choc, en position verticale. Elle était donc consciente avant de recevoir le coup derrière la tête.

Nathan la remercia et lui expliqua ce qu'il attendait d'elle. Il fallait qu'elle interroge Damien, sur le déroulement d'hier soir, sa relation avec Aurélie, les raisons de leur dispute, sa dépendance à la fumette et les liens avec les partenaires de son réseau de jeu en ligne. Qu'elle fasse un topo complet de sa personnalité.

– Vas-y doucement Ajda, ajouta Nathan. Mais passe tout au crible. Regarde avec lui les messages envoyés hier soir depuis son téléphone. Le voici. Je ne lui ai pas demandé son code. Il s'est disputé avec Aurélie avant de rentrer chez lui. Elle lui reprochait d'être immature et dépendant au cannabis. Vérifie bien cet aspect-là. Puis fais venir sa mère et interroge-la aussi. Ils vivent les deux ensemble. Le père s'est barré il y a plusieurs années et a refait sa vie en Belgique, avec une femme plus jeune et deux enfants de moins de cinq ans. Ils n'ont quasiment plus de contacts depuis huit ans. Propose-lui aussi un truc à manger.

Ajda lui montra la barre de céréales prévue à cet effet et avec un bref sourire partit rejoindre Damien pour un long interrogatoire, qui serait entièrement enregistré par vidéo.

Nathan avait une totale confiance dans la technique d'Ajda. Elle pouvait être aussi douce et séduisante que cassante et froide. Au bénéfice d'un certificat en thérapie familiale systémique, elle allait avoir une compréhension de la vie de Damien bien plus grande que ce dernier sur lui-même.

Nathan se passa la main dans les cheveux, puis se massa quelques instants la nuque. Le mal de tête n'avait pas encore disparu. Putain de vin blanc. Il ouvrit l'armoire derrière lui et prit une aspirine d'une boîte comprimée entre deux dossiers. Il était à peine midi passé et sa journée de travail ne faisait que commencer.

CHAPITRE 8

Jacques patientait depuis une bonne demi-heure avec Pauline dans une petite salle à côté des bureaux administratifs. La fenêtre aux vitres sales laissait filtrer une lumière blafarde. En arrivant dans les locaux du lycée, il avait senti de nombreux regards d'adolescents sur lui. Il y avait quelque chose de dérangeant dans l'atmosphère et il n'arrivait pas à discerner quoi. Il avait réussi à mettre Pauline à part, juste après le dernier cours de la matinée et avait récupéré son téléphone. Elle ne pouvait pas savoir pourquoi elle allait être interrogée. Elle se rongeait les ongles et lui lançait des coups d'œil furtifs, derrière des cils chargés d'un mauvais mascara. Son père avait été averti, sa mère ne pouvant quitter son poste d'aide-soignante à l'hôpital de Lausanne. Lui, il était employé dans une station-service de l'autoroute vers Rolle et allait arriver tout bientôt.

Jacques partagea à Pauline que cela concernait son amie Aurélie. Il sentit son angoisse monter.

Le proviseur vint l'avertir que le père de Pauline était là. Jacques sortit quelques instants de la salle pour lui expliquer brièvement les raisons de sa présence. Le père de Pauline était déjà au courant pour la mort d'Aurélie.

Il savait aussi que ce n'était pas un accident. Très attristé, il semblait perplexe sur la nécessité d'interroger sa fille là, maintenant. Il confirma à Jacques que sa fille était bien rentrée vers 22 heures la veille. Sa femme et lui étaient en train de regarder la télé. Pauline n'avait pas mangé avec eux, mais juste avant la répétition de la fanfare. Elle avait comme à son habitude avalé les sandwichs qu'il ramenait de la station-service. Il le faisait régulièrement avec ceux qui allaient dépasser la date limite de consommation. Le patron était d'accord avec ça du moment qu'il restait discret. Aussi, Pauline avait juste dit bonne nuit et était partie se coucher. Il était de service ce matin depuis 6 heures et ne l'avait pas encore revue. Pareil pour sa femme.

Nathan arriva à ce moment-là, impassible. Il salua le père et les trois entrèrent pour retrouver Pauline.

Son père vint serrer sa fille dans ses bras, un peu trop fort. Le badge de la station-service avec son prénom inscrit dessus était épinglé sur le haut de son torse. Il laissa une petite rougeur sur la joue de Pauline.

Nathan se présenta et Pauline commença à ressentir de la peur. Toute cette situation n'était pas normale. Elle ne comprenait pas pourquoi elle était là. Elle voulait rentrer chez elle. Et puis, elle reprenait ses cours dans un peu plus d'une heure. Sa voix montait dans les aiguës et elle ne cessait de regarder son père.

Nathan s'assit en face d'elle, comme un félin devant sa proie. Doucement, sûrement, dangereusement.

– Pauline, je suis l'inspecteur Nathan Redlink et tu connais mon coéquipier, dit-il en désignant Jacques d'un mouvement de la main. Nous avons besoin de te poser des questions sur la soirée d'hier et nous t'expliquerons ensuite pourquoi. Ton papa est d'accord. C'est ok pour toi ?

– Ok, répondit-elle du bout des lèvres, le regard hypnotisé par l'iris bleu glacier de Nathan.

– Tu peux me dire ce que tu as fait hier après les cours ?

– Euh… oui. Je suis rentrée chez moi avec Aurélie. On a fait nos devoirs puis on est parties à la répétition de la fanfare. Mes parents étaient encore au travail.

– À quelle heure est votre répétition ?

– À 19h30, jusqu'à 21h30. On a des grosses répétitions en ce moment car c'est bientôt le giron.

– Et après la répétition, tu es rentrée directement ? demanda doucement Nathan.

– Je suis restée avec Aurélie un moment.

– C'est-à-dire ? Explique-moi en détail. C'est important Pauline, ajouta Nathan en insistant sur le prénom de la jeune fille.

Pauline remua sur sa chaise, gênée.

– Aurélie m'a demandé de rester avec elle. Elle voulait parler d'un truc important avec Damien. C'est son copain. Il était là, à la sortie de la répét'.

Aurélie s'arrêta et recommença à se ronger les ongles. Elle attaquait maintenant la chair autour.

– Ok Aurélie. Et comment s'est passée leur discussion ? demanda Nathan en essayant de contourner ses hésitations.

– Pas très bien, répondit-elle de plus en plus stressée. Il n'était pas de très bonne humeur et c'est tout de suite parti en vrille. Aurélie n'a rien pu lui dire. Elle s'est cassée. Elle est rentrée chez sa tante à pied et moi je suis restée un moment pour essayer de parler un peu à Damien.

– Tu es restée seule combien de temps avec Damien ? interrogea Nathan en se faisant de plus en plus pressant.

– Je ne sais pas trop... Quinze minutes environ, répondit Pauline d'une voix angoissée. De toute façon, ça n'a servi à rien de lui parler. Il était dans son monde, hyper buté. Il est parti vite fait.

– Tu as essayé de téléphoner à Aurélie ou de la retrouver après ?

– François, notre prof de fanfare, est sorti juste après le départ de Damien. Je discutais avec une autre copine, Céleste. Il m'a donné le téléphone d'Aurélie. Il était tombé par terre dans le vestiaire, derrière le banc. Il l'a entendu sonner. C'est une photo où on est les deux qui est en fond d'écran, alors il me l'a passé. J'allais rendre son portable à Aurélie ce matin. J'ai envoyé un message à son cousin hier soir pour qu'il lui dise que c'est moi qui l'avais.

– Son cousin ?

– Ben oui, le fils de sa tante, Dylan. Elle est allée dormir chez elle hier soir. Je viens de vous le dire. Elle fait ça souvent quand elle commence les cours à 8 heures et qu'elle a fanfare la veille.

– Dylan, il a quel âge ?

– Neuf ou dix ans, je ne sais plus. Il a renvoyé un pouce levé. Ça veut dire qu'il lui a dit ou qu'il allait le faire. C'était tout bon, quoi.

– Aurélie, à pied, elle met combien de temps pour aller chez sa tante ?

– Je ne sais pas trop. Damien l'emmène en voiture souvent. Je dirais… autour de vingt, vingt-cinq minutes. Hier soir, elle était hyper énervée. Elle a dû marcher vite. Mais qu'est-ce qui se passe ? Aurélie, elle n'était pas là ce matin. Je ne l'ai pas vue.

Le père de Pauline prit sa main dans la sienne pour la rassurer. Des larmes commençaient à remplir les yeux de l'adolescente.

– Pauline, c'est très important ce que je vais te demander, dit doucement Nathan. Réponds-moi franchement d'accord ?

Pauline sentit l'importance du moment et hocha simplement la tête.

– Est-ce que Damien est violent ?

Pauline regarda le policier avec surprise, les yeux écarquillés.

– Pas du tout, c'est juste qu'il est trop gamin, répondit-elle avec agacement.

– Il était défoncé hier soir ? ajouta Nathan

Pauline jeta un œil à son père qui l'encouragea du regard.

– Oui, affirma-t-elle.

– À quoi ?

– Comme tout le monde… au shit, dit-elle avec un léger rictus.

– Encore deux questions Pauline, continua Nathan. C'est quoi le truc important qu'Aurélie voulait dire à Damien ? Et est-ce qu'elle a mangé avec toi quelque chose hier soir ?

Pauline se mordit les lèvres.

– On a mangé les sandwichs que mon père a ramenés, en allant à la répétition. Mais Aurélie, elle n'avait pas très faim. Et pour le truc important, je préfère que vous demandiez à Aurélie. Ce sont ses affaires à elle, enchaîna-t-elle le regard fuyant.

– Ok Pauline. Merci de ta réponse, ajouta Nathan. Tu peux nous donner le téléphone d'Aurélie s'il te plaît ? Tu connais son code ?

– Oui, c'est le jour de nos dates de naissance, dix et vingt-trois. Mais il n'a plus de batterie là. Et pourquoi je ne peux pas lui donner à elle ? Papa, il se passe quoi ?

Pauline sentit comme un étau qui serrait de plus en plus fort autour de sa tête.

Jacques récupéra le téléphone que Pauline avait mis dans son sac et l'enveloppa dans un petit sachet en plastique. Pauline contractait nerveusement sa main gauche. Son père lui tenait l'autre du mieux possible.

– Pauline, j'ai quelque chose de difficile à t'annoncer mais je voulais te remercier avant, pour tout ce que tu as dit, prononça Nathan qui détestait être l'oiseau de mauvais augure. Ton amie Aurélie a été retrouvée ce matin près de la route secondaire. Elle est décédée. Elle a été tuée.

Pauline mit sa main sur sa bouche pour étouffer un cri et s'effondra dans les bras de son père qui la retint du mieux possible. Nathan avait besoin de lui poser encore une question et devait attendre qu'elle récupère un peu. Jacques s'approcha de Nathan pour faire front face à la douleur. Ils se comprenaient sans avoir besoin d'échanger un mot.

– Pauline, s'il te plaît, regarde-moi, dit Nathan avec fermeté, après plusieurs longues minutes. Je sais que c'est terrible ce que tu es en train de vivre, je comprends ta douleur, mais j'ai besoin que tu répondes. Je te le redemande. Qu'est-ce que voulait dire Aurélie à Damien ?

– Qu'elle... Qu'elle était sûrement enceinte ! lâcha Pauline entre deux sanglots. Elle avait fait un test juste avant qu'on aille à la répétition, il était positif !

CHAPITRE 9

Il fallait accuser le coup. Prendre le temps de digérer la nouvelle. L'idée avait déjà germé en Nathan depuis sa discussion avec Damien. Cela expliquait les vomissements d'Aurélie, son besoin de parler avec son copain, puis celui de marcher dans le froid pour se calmer. Afin d'apaiser le brouhaha intérieur et la déception de ne pas pouvoir compter sur lui pour prendre une décision importante.

Nathan était parti en même temps que Pauline et son père pour récupérer le test de grossesse dans la poubelle de la chambre de la jeune fille, avec en prime le ticket de caisse de la parapharmacie. Les deux petites barres bleues narguaient le regard dans leur ridicule fenêtre. Un faux positif n'était probablement pas d'actualité. Une photo transmise à Ajda, avec quelques explications, allait lui permettre d'orienter la suite de l'interrogatoire auprès de Damien. Ainsi que celui de sa mère qui venait juste d'arriver au poste de police.

Nathan n'avait pas pu s'attarder dans la maison de Pauline, le commandant Steintz voulait le voir, vite. Il lui avait mis la pression par messages.

Jacques, les épaules un peu plus voûtées, était lui aussi monté rapidement en voiture, direction Gilly, pour interroger les membres de la famille d'Aurélie, inspecter sa chambre et récupérer son ordinateur. Puis il devait se rendre à Lausanne pour assister à l'autopsie. Il n'avait aucune envie de rester plus longtemps dans ce lycée à l'ambiance délétère.

Il profita de la route pour passer un petit coup de fil à Mathilde. Elle était bien rentrée à la maison et Zacharie se sentait mieux. La fièvre était tombée et il avait même mangé une moitié de banane écrasée avec un peu de sucre. Un sourire fugace parcourut le visage de Jacques, en imaginant son petit bonhomme sur sa chaise haute.

Que rien ni personne ne vienne lui voler son enfance, pensa-t-il avec force. *Rien. Personne.*

Au volant de sa BMW, Nathan quitta l'autoroute pour récupérer la départementale qui traversait les vignes. Il avait besoin de prendre un peu de hauteur, de faire le point. La piste du meurtre commis par Damien ne semblait pas tenir. Le timing ne jouait pas, le gamin semblait vraiment choqué et le mode opératoire paraissait trop sophistiqué pour un jeune défoncé au bédo. Il ne devait même pas être au courant que sa petite amie était enceinte. L'analyse des messages du téléphone d'Aurélie allait sûrement confirmer son ignorance. Et par Ajda, il savait déjà que le bornage de celui de Damien prouvait qu'il était bien rentré chez lui, juste après sa discussion avec Pauline devant la salle des fêtes. Il n'était pas passé par la route où le crime avait eu lieu. Et puis, quel aurait été le mobile ?

Nathan s'arrêta sur un terre-plein un peu avant Aubonne et descendit quelques instants de sa voiture. Derrière lui, le Jura, menaçant, froid. La lumière commençait à faiblir, la noirceur d'une nuit d'hiver sans lune approchait. Des ceps de vigne, noueux et dénudés de leurs feuilles, s'étalaient devant lui jusqu'au lac, en rangs réguliers, comme des bons petits soldats. Ils occupaient tous les coteaux. Ils puisaient tous au même soleil, à la même terre, leurs racines reliées entre elles, à l'abri des regards. Nathan respira profondément, les yeux mi-clos. *La terre parle toujours*, murmura-t-il.

En arrivant au deuxième étage de la police de sûreté, il trouva le commandant Steintz qui l'attendait dans son bureau, un dossier épais posé sur ses genoux. Marion, sa secrétaire, était avec lui. Ajda l'avait chargée de demander les numéros de téléphone relevés depuis 20 heures la veille, jusqu'à 9 heures ce matin, à partir des bornes les plus proches du lieu du crime. Elle fit directement un point à Nathan avant même qu'il puisse s'asseoir.

Rien n'avait été relevé entre 21h12 et 5h10 aux alentours. La route était peu fréquentée, surtout lorsqu'il neigeait. Et le propriétaire du téléphone de 21h12 était arrivé chez lui à 21h32. Il n'avait plus bougé. Sa femme avait confirmé ses dires. Cela avait été vérifié par un membre de la police locale.

Le téléphone d'Aurélie était désormais au service technique pour l'analyse de son contenu. Dans deux heures, l'intimité de la jeune victime n'existerait plus. Marion repartit aussi sec, en faisant claquer ses petits talons à chaque pas.

Nathan se tourna alors vers Steintz en refermant la porte derrière lui. Celui-ci avait déjà déposé son dossier sur la table en verre, grand ouvert.

CHAPITRE 10

Qu'il crève !

À presque 15 ans, elle estimait qu'elle n'avait plus à supporter sa sale gueule, ses cris et ses poings. Mais elle ne dirait rien, elle ferait à sa façon. Quand le pasteur était venu lui demander pour les coups avant-hier, à cause de ce que le frère lui avait raconté après le catéchisme en pleurant, elle avait tout nié.

« Il s'est cogné, il a toujours été fragile, un peu limité comme la mère, il invente des histoires, il est dans son monde… »

Le père l'avait regardée bien droit, tout du long qu'elle racontait. Oui, elle continuerait à fermer sa gueule, elle, pas comme son frère. Pour ce que ça lui avait servi à l'autre idiot !

Elle ne voulait pas être regardée avec pitié. Elle ne voulait pas avoir honte de ce qui pouvait être dit sur son compte. « Saloperies de bonnes femmes qui savent que bavasser sur la vie des autres. »

En plus, pendant le cours de catéchisme, la vieille fille avait raconté qu'il ne fallait pas qu'on nous touche avant le mariage. Sinon, direct en enfer ! Trop tard pour elle à cause du porc. Et l'enfer, elle connaissait déjà. C'était chaque putain de jour de sa vie. Alors, elle n'avait pas envie de ça dans l'au-delà. Oui, elle fermerait bien sa gueule. Et ferait en sorte que personne ne sache, que personne ne se doute.

Pour sûr, elle était en colère. Cela la dévorait comme un feu brûlant, là, à l'intérieur. Mais elle ne montrerait rien. Et le vieux, il allait crever. Tout était sa faute.

Elle connaissait les doses. Elle s'en occupait pour les rats dans la grange. Elle allait en mettre, petit à petit, dans la bouteille, celle du soir. Quand elle irait tirer le vin au tonneau dans la remise, elle ajouterait une pincée.

Et comme ça, à chaque pincée, elle se souviendrait du frère que la mère avait retrouvé dans la grange ce matin, avec la corde enroulée autour de son cou. Elle avait aidé à le descendre. Il était froid, elle avait détesté faire ça.

CHAPITRE 11

Il ne voyait quasiment rien. Les nuages ne laissaient passer aucune lumière, ni celle des étoiles, ni même celle d'un maigre rayon de lune.

Nathan était retourné près des troncs d'arbre, tous bien alignés. Des fleurs blanches avaient été déposées et même une petite peluche en forme d'ourson, hommages fugaces pour tenter de contrer l'horreur. Il avait éteint les phares de la voiture et avait dépassé les rubans en plastique en les devinant au toucher. Environ vingt-quatre heures auparavant, Aurélie avait été assassinée, ici même.

Il avait besoin de comprendre. Le froid lui mordait la peau. Le vent le transperçait de part en part. Il ne put s'empêcher de frissonner malgré sa polaire. Saleté de bise noire. Il en était de plus en plus convaincu. Pour trouver la pierre, frapper, ouvrir proprement l'abdomen, enlever et retirer le cœur sans abîmer le reste du corps, le meurtrier avait eu besoin de lumière. Et pas celle de la torche d'un téléphone ou d'une lampe électrique. Plus de lumière. Celle des phares d'une voiture.

Le lieu de stockage était situé au bord de la petite route secondaire qui reliait Bursins à Marchissy et plus loin à Gilly. Aurélie n'était pas allée chez sa tante. Entre la salle des fêtes et le domicile de celle-ci, elle était montée dans un véhicule, sans violence, pensant probablement qu'elle allait être ramenée chez elle. Elle n'avait pas eu peur, pourtant elle se savait vulnérable. Elle n'avait pas de moyen de communiquer, puisqu'elle avait perdu son téléphone. Prise de nausées, elle avait demandé au conducteur de s'arrêter. Il avait agi à ce moment précis, sous l'emprise d'une pulsion totalement envahissante et en même temps terriblement calculée.

Oui, Aurélie connaissait son assassin.

Nathan, pris d'un léger vertige, s'assit sur le coffre de la voiture, le cerveau en ébullition. Il n'avait rien mangé de la journée et le début de soirée avait été encore intense en révélations.

L'autopsie avait confirmé qu'Aurélie était enceinte de presque cinq semaines, qu'elle n'avait quasiment plus rien dans l'estomac et qu'elle était bien décédée sur le coup, d'une hémorragie cérébrale massive, à la suite d'un choc à l'arrière du crâne, aux alentours de 22 heures la veille. Jacques, qui avait assisté à tout le déroulement, lui avait annoncé ces éléments d'une voix blanche. Il avait ajouté que les premières analyses toxicologiques ne relevaient rien de spécifique, pas d'alcool ni de drogue dans le sang. Pas d'ADN étranger relevé sous les ongles ou sur le reste du corps, à part celui du chien. Il était même certain qu'elle n'avait pas embrassé son copain lors de leur dernière rencontre.

Les parents n'étaient pas encore au courant pour la grossesse de leur fille. Nathan se chargerait de le leur annoncer le lendemain matin. Il devait les interroger à nouveau. À cette idée, le poids dans son ventre se fit plus présent.

Les auditions des membres de la famille et des deux autres amies d'Aurélie, menées par Jacques juste avant l'autopsie, dressaient quant à elles le profil d'une personne plutôt timide, gentille avec son petit frère, aimant rendre service, ni bonne ni mauvaise scolairement, dans une banale moyenne. Elle n'aimait pas trop les fêtes et ne traînait pas dans les bars. Une jeune fille de 17 ans comme tant d'autres, qui sortait de deux années d'adolescence un peu compliquées, pendant lesquelles elle s'était pas mal renfermée sur elle-même. Mais depuis deux-trois mois avec sa rentrée scolaire, elle allait mieux. Elle s'entraînait régulièrement à la flûte traversière pour la fanfare et elle était très proche de son amie Pauline, qui y jouait de la trompette. Elle voyait Damien environ deux fois par semaine. Le contenu de son téléphone, comme celui de son ordinateur, reflétait cette vie entre lycée, flûte, copines et discussions avec Damien. Du lisse… Elle avait aussi pas mal surfé ces derniers jours sur des sites de tatouages. Elle avait fait les vendanges aux vacances d'octobre pour s'en payer un. Elle avait déjà réservé une place entre Noël et le jour de l'an chez une tatoueuse jouissant d'une certaine réputation à Genève, avenue Wendt.

Les messages envoyés à Damien les quinze derniers jours confirmaient qu'elle prenait une certaine distance avec lui. Elle lui reprochait d'avoir trop de contacts avec le « trio ». Qu'ils étaient que des gars amenant des problèmes, qu'il fallait qu'il arrête de les voir et qu'il devait moins fumer… Son dernier message exprimait son besoin urgent de lui parler. D'après la réponse faite dans la minute, le stress de Damien était élevé. Il disait qu'il serait là après la répét' et qu'elle pourrait dormir chez lui. Qu'il viendrait avec la Clio de sa mère et qu'il trouvait dégueulasse qu'elle lui envoie ce genre de message sans lui dire ce qui se passait vraiment. L'histoire du jeune couple n'était pas au beau fixe, c'était le moins qu'on puisse dire.

L'interrogatoire de Damien puis celui de sa mère, les deux effectués par Ajda, ainsi que l'analyse de son téléphone, corroboraient le rapport de Jacques et confirmaient les faits et gestes de Damien la veille. S'il semblait sincèrement amoureux d'Aurélie, il rencontrait aussi des difficultés de gestion de la frustration, sûrement dues à sa consommation élevée de cannabis. Sa mère était au courant, se fumant un petit joint de temps en temps avec lui, pour se détendre… Toutefois, certains messages assez énigmatiques, ainsi que le ressenti d'Ajda, laissaient à penser qu'il cachait quelque chose. Pas tout net le jeune homme… Ils avaient facilement découvert de quoi il s'agissait grâce au dossier du commandant Steintz. Et à cause de cela, Damien avait pu partir du commissariat, en fin d'après-midi. Il n'était pas le meurtrier d'Aurélie mais peut-être la cause de sa mort.

Steintz avait expliqué à Nathan que Damien était un petit revendeur de shit et plus précisément de Ketama.

Depuis trois mois, la police cantonale mettait à jour un réseau de distribution sur un territoire comprenant les villages qui surplombaient une ligne allant de Nyon à

Morges et touchant principalement trois collèges et deux lycées dont un professionnel. Depuis plus d'une année, il y avait eu différents signaux d'alerte. Plusieurs jeunes entre 13 et 17 ans s'étaient retrouvés aux urgences à la suite d'épisodes psychotiques, puis envoyés au Mont-sur-Lausanne pour une cure de désintox en centre fermé pour mineurs. Ils venaient du même secteur. Leur histoire était tristement la même. Des jeunes ordinaires, à qui il était fait une proposition dans le cadre scolaire. Ils essayaient, pour faire comme les autres, pour appartenir au groupe, un peu aussi par curiosité et par envie de transgresser les règles du monde des adultes. C'était l'âge des découvertes, des nouvelles expériences. Et l'expérience à 14 ans devenait une habitude en quelques mois, puis un besoin, une dépendance. Il en fallait toujours plus pour que les effets se fassent sentir. Il se disait que le chichon provenait de plantations persos de jeunes des alentours. C'était soi-disant sans danger, un bon produit du terroir…

En parallèle, certains professeurs des établissements de la région avaient alerté sur le comportement récurrent d'élèves de plus en plus nombreux. Baisse de motivation et des notes, absentéisme, endormissement en cours dès le matin… Il y a six mois, un collège à Gimel avait attiré l'attention de la police avec la découverte de quarante grammes de cannabis dans le sac à dos d'un élève de 15 ans. Le gamin, fils du médecin du hameau voisin, avait été placé du jour au lendemain dans un pensionnat pour jeunes délinquants en Suisse alémanique, près de Zurich. Un arrangement avait été trouvé avec les parents. Le jeune n'était pas poursuivi mais devait rester dans cet établissement fermé une année, puis intégrer un lycée privé au règlement strict et toujours dans un canton alémanique. Il avait dû couper tout lien avec ses copains et le discours officiel était que ses parents s'étaient rendu compte qu'il consommait du shit et l'avait puni de cette manière. L'ado avait dû coopérer pour que le scandale n'éclabousse pas sa famille bien sous tous rapports et bénéficier de ce traitement de faveur. Il était ainsi devenu une source de première ligne pour la police.

Il avait expliqué aux enquêteurs que cela faisait presque un an qu'il revendait d'un à trois grammes par jour à des élèves de plusieurs classes, pour payer sa propre consommation. C'était un lycéen qui lui fournissait la marchandise chaque semaine, comme pour trois autres revendeurs de son collège. L'échange se déroulait derrière le gymnase, là où il n'y avait pas de caméra. Les livraisons se faisaient le lundi matin et parfois le vendredi matin, suivant les soirées prévues pendant le week-end.

Il avait désigné le lycéen sur photo. Les enquêteurs l'avaient pris en filature, et mis son téléphone sur écoute. Ils étaient remontés jusqu'à trois jeunes à peine majeurs, qui récupéraient entre quatre et cinq kilos par mois, un kilo environ par semaine, à tour de rôle, dans des casiers automatiques de la gare à Genève. Ils se faisaient appeler le «trio». À dix francs le gramme, ils manipulaient environ quarante mille francs par mois, leur bénéfice devant se situer autour de huit mille francs, soit une marge de deux francs par gramme. Une belle petite somme pour trois jeunes dealers en mal de sensations.

Ils avaient cinq revendeurs qui bossaient pour eux en ligne directe. Et ces derniers étaient en lien avec quatre ou cinq petits dealers, dont le jeune ado qui s'était fait prendre à Gimel. Cette petite vingtaine de jeunes ne se faisait pas vraiment de bénéfices, mais pouvait ainsi payer sa consommation quotidienne et avoir la garantie d'accès au produit. Ils avaient quelques autres avantages en nature. De l'alcool notamment. Un des cinq revendeurs avec qui le trio correspondait en direct était Damien. Son apprentissage au garage lui avait permis d'élargir la clientèle aux jeunes qui venaient y faire réparer leur scooter ou leur moto. C'était un point de passage pratique avec une bonne couverture.

Les jeunes de ce trio étaient issus des familles de notables de la région. Trois intouchables, trois petits cons qui polluaient toute une génération d'élèves et créaient une atmosphère pourrie dans les établissements scolaires. Et qui avaient depuis quelques mois des envies d'expansion et mettaient la pression sur Damien pour cela.

L'enquête préliminaire avait déterminé qu'ils avaient eux-mêmes été approchés par un dealer deux ans auparavant, un de ceux qui avaient la fâcheuse habitude de traîner autour des milieux scolaires. Probablement qu'il avait utilisé au début de leur relation la technique du chantage à la photo. Des clichés étaient pris quand ils fumaient avec lui, pour les obliger ensuite à entrer dans le trafic. S'ils refusaient, les photos étaient diffusées auprès des parents et plus largement parfois, par le biais des réseaux sociaux. Un cas similaire avait été notifié dans un collège privé vers Vevey.

La police voulait à la fois démanteler le trafic du trio et arrêter le dealer principal qui arrosait les cantons de Genève et de Lausanne. Dans leur viseur se trouvait aussi le distributeur des valises marocaines, celui qui faisait la mule entre l'Espagne et Annemasse, la ville frontalière côté France.

Il y avait urgence. L'analyse du shit avait montré un taux moyen de THC de 22%, ce qui était énorme et provoquait une accoutumance psychologique rapide, du fait de ses forts effets euphorisants. Il provenait de la région du Rif et sûrement pas des plantations de jeunes des villages aux alentours. Une famille de trafiquants marocains était dans le collimateur de la police. Ils étaient, depuis plusieurs générations, à la fois les producteurs, les fournisseurs et les distributeurs principaux de cannabis, pour la région Est en France et les cantons romands en Suisse. Bien implantés dans les cités, ils cultivaient, exclusivement dans le nord du Maroc, du cannabis de bonne qualité, le traditionnel Ketama pour les jeunes et le double zéro pour les fins connaisseurs. Ils surfaient sur la tendance médicinale du cannabis et espéraient une légalisation d'ici quelques années en Suisse, en se positionnant déjà comme futur leader de ce marché pour la Romandie.

Leur mode opératoire avait évolué ces derniers mois. Les routes qu'ils empruntaient traditionnellement n'étaient plus les mêmes, à la suite de l'utilisation de nouvelles technologies aux postes frontières. Notamment à Algésiras, avec la présence de scanners de haute performance, pour les véhicules comme pour les personnes.

Les polices cantonales romandes avaient vraiment besoin de les choper pour mettre un coup d'arrêt à leur développement, en coopération avec le fédéral et la gendarmerie nationale française.

Les écoutes effectuées avaient mis à jour une opération de grande ampleur un mois plus tard, mais la date exacte n'arrivait pas à être connue. Il avait été fait mention d'une livraison plus importante lors d'une conversation interceptée entre deux jeunes du trio. Les enquêteurs avaient besoin d'avoir la confirmation du lieu et du jour de la livraison à Genève, pour avoir une image du distributeur et remonter la filière du Ketama, en utilisant les caméras de la ville.

Il ne fallait pas que cette opération soit compromise à cause de l'arrestation de Damien. Si le réseau l'apprenait, cela pouvait refroidir le dealer principal et faire annuler la livraison. Damien avait donc été relâché.

Nathan et son équipe avaient longuement discuté avec Steintz à la suite de son exposé détaillé sur l'enquête en cours. Le meurtre d'Aurélie était-il lié à l'implication de Damien dans ce trafic ? Avait-elle vu ou entendu quelque chose qu'il ne fallait pas ? Le ventre ouvert au couteau et le cœur remplacé par la pierre pouvaient-ils être un avertissement morbide pour d'autres ?

Dans la région montagneuse du Khmiss Issguen où était cultivé le cannabis, on maniait facilement le koumya, ce poignard traditionnel des Berbères, et pas seulement lors des grandes fêtes d'apparat des Tabors marocains. C'était l'arme des règlements de comptes, l'arme de l'honneur.

Nathan avait obtenu du commandant qu'Ajda suive l'affaire du trafic du Ketama avec les polices cantonales, en échange de la liberté temporaire de Damien. Elle aurait ainsi un accès direct aux écoutes téléphoniques du trio et resterait à l'affût de ce qui se partagerait autour du décès d'Aurélie. Jacques et lui allaient continuer d'interroger les personnes en lien avec Aurélie, du chef de la fanfare à la cousine éloignée. Tenir les deux pistes était primordial, celle de la personne de proximité et celle des dealers.

Nathan soupira profondément pour s'ancrer dans la réalité et enfonça les mains dans ses poches. Il avait vraiment froid. Cette jeunesse privilégiée et corrompue lui posait question. Il ne pouvait s'empêcher de repenser à cette citation de Socrate : « Notre jeunesse aime le luxe, est grossière et mal élevée, ne se soucie pas de l'autorité et n'a aucun respect pour les anciens. Les enfants d'aujourd'hui sont des tyrans ». *Quelles étaient les racines du mal ?*

La voix plaintive d'une chevêche d'Athéna déchira le silence de la nuit et le sortit de sa torpeur méditative. *Avait-elle posé ses grands yeux jaune pâle sur le meurtrier hier soir ?* pensa-t-il en remontant frileusement dans sa voiture. Il alluma la radio et mit le chauffage à fond. La polyphonie mélancolique du *Miserere* d'Allegri, déversée par les haut-parleurs, le prit à la gorge.

CHAPITRE 12

– Tu veux un café ? proposa Ajda en caressant du bout du doigt la fleur de lys qui s'épanouissait sur l'épaule de son amante.

Sylvia s'étira doucement, comme une chatte au soleil et embrassa tendrement la main qui s'offrait à elle.

– Volontiers… Et un jus d'orange aussi s'il te plaît ! ajouta Sylvia avec un petit rire mutin.

Ajda venait juste de revenir de son jogging matinal sur les berges du lac. Une heure de souffrance pure, l'air glacial lui brûlant les poumons.

Il était encore tôt. Le jour peinait à se lever. Elle avait le temps ce matin. Elle n'était attendue qu'à 9 heures dans les bureaux de la police cantonale pour l'affaire du trafic de Ketama. Nathan lui avait demandé de faire profil bas, pas de zèle. Elle devait se faire accepter par l'équipe pour glaner le plus d'informations. Elle avait aussi rendez-vous avec le médecin légiste en fin d'après-midi pour creuser la piste du couteau marocain. Elle mit les oranges dans l'extracteur de jus, puis fila sous la douche après avoir déposé le précieux nectar sur la table de la cuisine. Sylvia la rejoignit quelques instants plus tard et la fit jouir longuement de sa langue experte.

Le sexe était la seule façon pour Ajda de se détendre vraiment. Sylvia offrait plus que du sexe. Cela la déstabilisait. Pas sûre qu'elle puisse continuer sur cette pente. Trop dangereux. Surtout ne pas s'attacher. Mais les boucles rousses de Sylvia, ses yeux verts, son corps ultra sexy la désarmaient. Ses choix de vie aussi. Elle était archéologue-pâtissière. Assises l'une en face de l'autre, Ajda avala un morceau de son dernier essai, un cake vegan aux noix, sans gluten.

– Tu aimes ? demanda Sylvia attentive à ses réactions.

– Oui, c'est bon… se surprit à répondre Ajda, pour qui le rapport à la nourriture était compliqué. Le goût n'était pas du tout le sens auquel elle était connectée.

Sylvia éclata de rire.

– Ce n'est vraiment pas ton truc les pâtisseries !

Au bénéfice d'un CAP pour adultes, Sylvia revenait de Paris où elle avait passé le week-end à suivre un stage, proposé par l'école *Ferrandi*, sur la confection du sucre d'art. Hyperactive, elle travaillait à mi-temps à l'Office cantonal du patrimoine et des sites archéologiques, comme adjointe de l'archéologue cantonal Benoît Riolé, un copain d'études. Et elle pâtissait l'autre mi-temps pour des commandes privées, déposées régulièrement sur son site internet, grâce à un joli bouche à oreille. Elles s'étaient rencontrées cinq mois auparavant dans une boîte lesbienne de la Riviera vaudoise, dans laquelle Sylvia avait réalisé une performance culinaire. Elle avait eu un coup de foudre pour Ajda et ne s'en cachait pas.

– Tu as réfléchi à ma proposition ? dit-elle avec une pointe d'appréhension dans la voix, tout en commençant à se préparer.

Elle voulait qu'elles partent les deux entre Noël et nouvel an pour un trek dans le désert marocain, avec une halte au site archéologique de Jebel Irhoud. Elle y avait ses entrées. Et lui avait bien expliqué pourquoi !

Dans le cadre de son master en archéologie préhistorique, Sylvia avait fait six mois d'échange en 2017 entre l'Université de Genève et l'Institut Max-Planck d'anthropologie évolutionniste à Leipzig. Elle avait été au bon moment au bon endroit ! Elle avait pu participer à l'étude passionnante des fossiles humains qui venaient d'être découverts au Maroc par l'équipe du professeur Hublin[1], ainsi qu'à la datation de ces restes, grâce à la technique novatrice de la thermoluminescence. Les résultats avaient été au-delà de toute espérance. L'origine de l'espèce humaine moderne avait fait un saut de 100 000 ans en arrière, ce qui avait révolutionné la compréhension de l'évolution.

Ajda réfléchit un bref instant. C'était tentant de l'y accompagner. De partager un tant soit peu sa passion pour la paléoanthropologie. Et par là même d'essayer une petite incursion dans la région du Rif…

– Pourquoi pas ? répondit Ajda dans un demi-sourire.

– Génial ! s'exclama Sylvia. Je m'occupe des billets et de la logistique. Je suis trop contente ! Top !

L'exubérance de Sylvia faisait un bien fou à Ajda. Elle passa toutefois ses mains dans ses cheveux pour conserver sa contenance et reprendre une juste distance émotionnelle. Ne pas baisser la garde.

1. Pour plus d'infos :

– Bon je file en vitesse, ajouta Sylvia. Avec Benoît, on doit finir le dossier sur les trois stations palafittes retenues par le comité international de l'UNESCO. La classe ! Nous démontrons avec notre super équipe qu'une trentaine de groupes différents du Néolithique à l'âge du bronze y ont séjourné, dans un beau mélange de populations[2]. Tu vois Ajda, ma beauté métisse, déjà entre 5000 et 500 ans avant notre ère, sur les bords du lac Léman, la diversité était de mise et a permis à l'humanité d'avancer. Comme nous ! À plus !

Le tourbillon Sylvia claqua la porte d'enthousiasme, laissant Ajda sans voix et à ses propres réflexions. Le Maroc. Un peu trop présent dans sa vie en ce moment…

2. Pour plus d'infos :

CHAPITRE 13

Plus de poules à nourrir. C'était le changement qu'elle appréciait le plus. Elle jeta un œil dans le miroir au-dessus du lavabo. En un an, son corps s'était transformé et elle savait qu'elle plaisait. Cela la laissait totalement indifférente. Elle avait de beaux cheveux de couleur châtain, qui ondulaient naturellement. Elle les maintenait dans un chignon serré comme le patron lui avait demandé. Ça lui convenait tout à fait. Elle se sentait comme dans la peau d'une autre.

La place d'apprentissage que le pasteur lui avait trouvée vers Morges, dans une entreprise de fruits et légumes, était intéressante. Pas mauvaise pour les chiffres, elle découvrait le basique de la comptabilité et un peu de secrétariat. Dans un peu plus d'une année, elle aurait son diplôme en poche. Le fils du patron, un idiot qui se croyait important, la reluquait chaque fois qu'il venait au bureau. Il s'occupait généralement de suivre la production dans les vergers. Elle savait qu'elle devait y passer pour consolider sa place. Elle l'avait vu dans ses petits yeux globuleux. Elle voulait se faire bien voir, que personne ne puisse se souvenir d'où elle venait exactement. Que cela devienne une sorte de vague souvenir.

Hier soir, elle avait pris sa décision. Il pourrait lui foutre son machin en elle et s'agiter quelques minutes avec ses petits gémissements pitoyables. Elle s'en foutait complètement. Ça ne pouvait pas être pire que ce que lui avait fait le porc ou les coups du père. Mais elle savait que ça lui plairait à lui et que ça lui donnerait à elle du pouvoir. Oui, elle s'occuperait du fils en rut la semaine prochaine. Son père devait aller deux jours en Valais pour chercher des plants. Pour le moment, il lui fallait réfléchir à la manière dont elle allait se débarrasser de la grand-tante Ruth. Elle lissa d'une main son chemisier blanc et sortit dans le couloir.

La vieille passa la tête hors de la cuisine et posa son regard sournois sur elle, comme si elle se doutait de tout le mal qu'elle lui souhaitait.

Saloperie de vieille peau! *chuchota-t-elle dans un souffle.*

Depuis plus de deux ans, elle avait été obligée d'emménager dans la bicoque minable de la grand-tante, encore plus paumée au milieu des bois que celle du père. Elle se la coltinait au quotidien, elle et ses stupides lubies. Ne rien jeter, ranger les boîtes de conserve par taille et bien alignées, mettre les épluchures exclusivement dans du papier journal pour les donner ensuite au voisin pour ses cochons... La liste était longue. Et si elle n'obéissait pas, la vieille peau allait se plaindre au pasteur de son horrible petite voix aiguë. Il venait ensuite lui faire la morale et elle n'avait pas besoin de ça. Il était collant, toujours à lui rabâcher les mêmes rengaines sur la toute-puissance de Dieu et ses punitions contre les pécheurs. Elle devait faire gaffe à tout ce qu'elle disait ou faisait en sa présence. Elle ne voulait rien montrer. Il ne fallait pas qu'il puisse se douter pour le porc, pour le père ou pour la tante. Faire semblant à tout prix.

Et au petit jeu mesquin de l'usure, elle se sentait bien plus forte que la Ruth. Elle en retirait d'ailleurs une certaine fierté. Elle aimait bien intervertir les boîtes pendant qu'elle dormait. Elle avait aussi commencé à lui verser plus de gouttes que prescrites dans sa tisane du soir. La vieille saloperie roupillait sans se rendre compte qu'elle entrait toutes les nuits dans sa chambre pour faire tomber le dessus-de-lit et les couvertures, pour qu'elle ait bien froid sur le matin et qu'elle finisse par attraper le mal. Elle avait toujours eu une sale petite toux sèche. Autant accélérer le truc. En entrouvrant la fenêtre aussi peut-être ?

Le père, lui, il avait à peine tenu six mois, une fois qu'elle avait commencé à lui faire boire le vin avec la mort-aux-rats. Elle estimait une durée assez similaire pour que la vieille peau passe à son tour l'arme à gauche.

Pour le père, c'était le cœur qui avait lâché, d'après ce qu'avait raconté le médecin. Son diagnostic l'avait bien fait rigoler. La mère l'avait trouvé tout raide dans son lit après sa sieste et de la merde plein sous lui. Et elle, elle avait dû s'occuper des draps. Même crevé, il avait encore trouvé le moyen de la faire chier.

Après ça, la mère était devenue complètement folle. Elle avait retenu le mot du psychiatre qui avait expliqué à la grand-tante pourquoi il fallait qu'elle reste à l'asile. Elle avait un syndrome catatonique. Bon débarras ! Elle était morte d'une pneumonie quelques mois plus tard, toute seule, comme sa diablesse de mère. Le pasteur avait fait l'enterrement. Il avait décidé que l'entièreté de la cérémonie funéraire se déroulerait au cimetière. Avec la Ruth, elles n'avaient pas eu leur mot à dire. Ils s'étaient retrouvés les trois autour de la tombe, avec le président du conseil de paroisse. Elle avait découvert ce jour-là qu'il était le parrain de sa mère. Il l'avait à peine saluée. Comme si elle était une pestiférée. Elle détestait son air hautain.

Le pasteur avait lu le psaume 28. Elle avait retenu le verset 4 car il avait prêché dessus. « Rends-leur selon leurs œuvres et selon la malice de leurs actions. » Il avait expliqué que certains malheurs étaient le signe du jugement de Dieu. Qu'il fallait sans cesse se repentir. Car la mauvaise graine n'engendrait que de l'ivraie. Il avait ajouté de sa voix tonitruante que sa mère portait la faute des générations avant elle, malgré ses propres efforts pour essayer d'y remédier. Mais que cela ne suffisait pas. Le diable était plus fort que ce que l'on pouvait imaginer. C'était lui qui poussait à la déshérence des lieux de culte, à la perdition des âmes, à l'impureté et à l'infidélité. À la fin de la cérémonie, elle avait eu très envie de vomir. Pourtant, elle n'avait mangé qu'une soupe d'orge pour le repas du midi.

Quelques semaines après, les bois et la baraque avaient été vendus. La vieille saloperie avait récupéré sa part. Et les fermiers d'à-côté avaient dépecé le domaine, comme les pourritures de rapaces qu'ils avaient toujours été. Mais elle aurait quand même de quoi s'acheter un petit appartement quand la vieille serait morte. Elle avait bien compris tout ça chez le notaire. Il fallait juste attendre encore un peu. Dans quelques mois, elle aurait l'âge pour tout ça.

CHAPITRE 14

Jacques accompagnait Nathan pour rencontrer à nouveau les parents d'Aurélie. Hier, il avait su établir avec eux un rapport de confiance, avec ses manières de gros nounours et ses cernes de papa de jeunes enfants qui avaient bien du mal à faire leur nuit.

Il carburait au café, Mathilde lui en avait préparé une bouteille isotherme entière.

– Tu en veux ? proposa-t-il à Nathan en sortant un gobelet en papier d'une de ses poches.

– Non merci, répondit Nathan avec un petit sourire en coin. Les cernes, c'est encore à cause de la gastro de Zacharie ?

– Non, c'est Jules qui est entré dans la période des cauchemars, dit-il en soupirant profondément. Il paraît que c'est normal entre les 2 et 3 ans des enfants. J'ai fini par m'endormir vers 5 heures du mat', plié en quatre dans son petit lit. J'ai un de ces mal de dos…

Le brouillard était en train de se dissiper. Jacques trouva au fond de la poche intérieure de sa doudoune rouge ses lunettes de soleil et profita de la route pour fermer les yeux un moment. Essayer de récupérer, oublier quelques instants le bruit métallique des bistouris de dissection et du couteau à cartilage...

– Jules, il craint les monstres sous son lit, murmura-t-il en se laissant aller contre l'appuie-tête. Je pense qu'il sent que je lui mens, quand je dis que les montres n'existent pas. Je ne sais vraiment pas quoi lui raconter... Je ne suis pas doué pour ça.

Nathan ne répondit pas. Lui non plus n'aurait pas su quoi dire. Un léger ronflement se fit entendre. Jacques avait rejoint les bras de Morphée. Nathan en profita pour réfléchir à la manière de creuser la piste du meurtrier ayant une proximité relationnelle avec Aurélie. Les cercles de ses fréquentations n'étaient pas si nombreux que ça, famille, école, petit copain, amies et fanfare. Qui aurait bien pu lui en vouloir ? Et si elle était un moyen de faire souffrir ses proches, quel pouvait être le mobile ? L'hypothèse d'un sadique qui opérait dans la région était aussi plausible. Mais si on partait du principe qu'Aurélie le connaissait, il aurait dû agir avant ça et ailleurs. Or, aucun meurtre de ce style, dans ce secteur, n'était notifié dans les fichiers de ces vingt dernières années. Le seul homicide recensé était classé involontaire, commis dans le cadre d'un accident de voiture, impliquant un ivrogne notoire. Qui alors ?

En arrivant chez Lise et Sylvain Dutroit, Roland, le grand-père, était là. Ils se tenaient les trois assis autour de la table de la cuisine, proches les uns des autres, pour contrer le plus possible la douleur. Mais elle était bien présente, envahissante, remplissant toute la pièce, dévastant les corps et les visages.

– Merci de nous recevoir à nouveau, prononça doucement Nathan. Et encore toutes mes condoléances pour la perte tragique que vous subissez. Nous essayons de faire tout ce qui est en notre pouvoir pour comprendre ce qui est arrivé à Aurélie.

Des larmes silencieuses se mirent à couler sur les joues de Lise, tandis que Sylvain lui prenait la main. Roland rentra un peu plus sa tête dans ses épaules.

– Hier, nous avons beaucoup partagé sur Aurélie, ajouta Jacques en toussant légèrement. Mais mon chef et moi-même avons encore quelques questions.

Sylvain acquiesça d'un hochement du menton.

– Vous avez exprimé qu'Aurélie se sentait mieux dans sa peau depuis deux-trois mois, qu'elle était plus ouverte avec vous. Vous sauriez dire pourquoi ? continua-t-il.

– Elle avait passé le mauvais cap de l'adolescence, non ? répondit Sylvain en se tournant vers sa femme.

Lise réfléchit quelques instants en fermant les yeux, cherchant dans sa mémoire une réponse adaptée.

– Je pense que c'est d'abord lié au voyage qu'elle a fait cet été. Elle est partie trois semaines avec un groupe de jeunes de notre paroisse en Polynésie, pour faire un camp solidaire. Elle y est allée avec son amie Pauline. Elles ont beaucoup aimé. Et en rentrant, elle s'est remise à la flûte. Elle a aussi intégré la fanfare dans laquelle Pauline était depuis une année. Elle s'entend… Elle s'entendait bien avec la pasteure qui a monté ce camp.

– La pasteure doit passer cet après-midi, ajouta Sylvain. Nous l'apprécions. Elle fait beaucoup pour les jeunes. C'est avec elle qu'Aurélie et Pauline ont fait leur confirmation, il y a un peu plus de deux ans.

– Et la relation avec son petit copain Damien, vous la définiriez comment ? enchaîna Nathan

– C'est un gentil garçon, mais pas très vif, répondit Sylvain assez sèchement.

– Aurélie m'a avoué, il y a un peu plus de trois semaines, qu'elle ne savait plus trop où elle en était avec lui, continua Lise un sanglot dans la voix. Ses sentiments avaient changé. Je me demande si elle n'était pas sortie avec lui, un peu par défaut. Elle a… elle avait bon cœur Aurélie. Et lui, il a toujours un petit peu un air de chien abandonné. Il n'a pas la vie simple.

– Pour tout vous dire, nous ne l'apprécions pas beaucoup. Mais comme Aurélie y tenait, il était venu un week-end avec nous en février dernier, dans le chalet de mes beaux-parents à Morgins. Je l'avais attrapé en train de fumer un joint et cela avait entraîné une dispute entre Aurélie et nous. Elle le couvrait et je n'ai pas supporté. Depuis, elle allait le voir mais il ne venait plus ici.

Sylvain parlait sans hésiter. Il y avait de la colère dans sa voix.

– C'est aussi pour ça que nous avons insisté pour qu'elle rejoigne en mars le groupe des post-catéchumènes de notre paroisse, pour préparer ce camp et sortir de cette ambiance avec Damien. Et Aurélie a bien apprécié de renouer avec sa pasteure et avec Pauline autour de ce projet. Et, du coup… nous souhaitons savoir quand nous pourrons récupérer Aurélie et prévoir son enterrement, reprit-il les yeux s'emplissant de larmes.

– Nous sommes vendredi. Ce lundi, le corps d'Aurélie pourra être transféré aux pompes funèbres de votre choix. Vous pouvez prévoir l'enterrement dès mardi, à votre convenance, répondit doucement Nathan.

Jacques toussa à nouveau avant de parler.

– À ce sujet, nous avons quelque chose à vous dire. Aurélie étant mineure, c'est à vous de décider si cela doit aller plus loin que nous cinq ici présents.

Il regarda Nathan avec insistance. C'était à son chef de l'annoncer. Pas à lui. *Ah non, ça il ne voulait pas ! Déjà qu'il avait dû se taper l'autopsie.*

– Les différents examens réalisés ont confirmé que votre fille était enceinte de cinq semaines environ, enchaîna Nathan sur un ton laconique.

Le grand-père poussa un juron de douleur et se leva brusquement de sa chaise. Il n'en pouvait plus, c'était trop dur. Encore et encore le malheur ! L'onde de choc passa entre les parents. Ils étaient tétanisés. Lise posa sa question dans une plainte.

– Cela peut-il avoir un rapport avec la mort d'Aurélie ?

– Rien ne permet d'affirmer cela, ajouta Jacques.

– Encore une question s'il vous plaît, insista Nathan. Qu'est-ce qui pour vous a fait qu'Aurélie s'était renfermée sur elle-même pendant deux ans environ ?

– Je ne sais pas trop, reprit la mère d'Aurélie, sa main tremblante posée contre son front. Nous étions très proches les deux. Puis, il y a eu l'histoire des chatons. Elle a changé après ça…

Nathan posa un regard interrogateur sur Lise, l'encourageant à continuer.

– Pour la féliciter d'avoir fini son collège, nous lui avions offert deux chatons de moins de trois mois. La chatte de la voisine avait eu une portée. Elle les adorait. Mais environ deux mois après, pendant la nuit, ils ont disparu. Nous avons retrouvé des bouts de leurs corps le lendemain dans les vignes juste au-dessus. Un renard avait dû les attraper. Aurélie était persuadée que c'était sa faute. Qu'elle avait sûrement mal fermé la porte du garage, qu'ils s'étaient enfuis par là. Elle s'en voulait énormément. Oui, après ça, elle a vraiment changé. Elle s'est recroquevillée. Le dialogue était devenu compliqué. Depuis son retour de Polynésie, nous étions en train de la retrouver, elle et sa bonne humeur. Je n'en peux plus de parler. C'est trop de souffrance…

Le grand-père partit en coup de vent, les larmes roulant sur ses joues. Lise, parcourue de douloureux sanglots, courut le rejoindre. Sylvain resta seul, prostré. Le regard dans le vide, il s'adressa à Nathan et à Jacques.

– Mon père ne va pas bien. Le malheur dans notre famille, il connaît. Il dit que nous sommes maudits. Je me demande si ce vieux fou n'a pas raison finalement.

Le radar intérieur de Nathan se mit à vibrer. Son silence était une muette invitation pour qu'il poursuive.

– Mon grand-père et mon oncle sont morts, il y a quarante ans, à deux mois d'intervalle. Mon frère, c'était il y a trente ans. Et maintenant ma fille, ma petite fille, assassinée. À chaque génération…

– De quoi sont-ils décédés? demanda Jacques interloqué.

– De stupides accidents… Vous me direz, il n'existe pas d'accident intelligent, hein? continua-t-il désabusé, la voix entrecoupée par les pleurs. Mon grand-père s'est tué dans le silo à maïs, quand on avait encore des champs pour nourrir les vaches des fermes voisines. Et mon oncle, il est mort à la chasse. Il tenait un poste pour attendre le sanglier. Son fusil était chargé. Il a dû se relever trop brusquement et trébucher en le voyant arriver. Le coup est parti, là, dit-il en pointant deux doigts sous son menton. Mort sur le coup, le visage arraché.

– C'était quand ?

– Je ne sais plus trop, vers la fin octobre pour mon grand-père et avant Noël pour mon oncle, j'étais petit, je ne m'en souviens pas. J'avais autour de 5 ans.

– Et votre frère ?

– Il s'est noyé en allant à la pêche la nuit sur le lac. Il avait 17 ans. Ça a été très dur, surtout pour ma petite sœur, Emmanuelle. Elle admirait notre grand frère Jean. Il s'est beaucoup occupé d'elle. Notre mère est morte quand elle a accouché d'Emmanuelle, à cause d'une histoire d'éclampsie.

Sylvain posa sur les deux enquêteurs un regard calme et empli d'une tristesse infinie. Il sombrait en lui-même. Il était temps de laisser ses démons intérieurs s'apaiser. Jacques et Nathan prirent congé de lui. Sa femme entra à ce moment-là et le prit tendrement dans ses bras.

En se dirigeant vers la voiture, Nathan vit Roland, le grand-père d'Aurélie, adossé contre le battant de la remise, fumant une cigarette roulée. Il alla vers lui pendant que Jacques se servait du café dans le gobelet de sa gourde. Nathan s'assit à côté du patriarche, sur un petit banc tout humide.

– Vous allez trouver le salaud qui a fait ça, dit-il à l'intention de Nathan d'une voix sourde.

Ce n'était pas une question. Nathan hocha doucement la tête.

– Parlez-moi de votre père, de votre frère, de votre fils aîné s'il vous plaît. Sylvain nous a raconté.

– Je sais que Sylvain croit que je suis un vieux fou qui voit le mal partout. Mais il y a quelque chose, je vous dis. Y a quelque chose, qui rôde sur notre famille. Faut me croire.

Il tira une longue bouffée. Il réfléchissait.

– Mon père, je n'avais pas vraiment de liens avec lui. Et puis, il avait vingt ans de plus que ma mère. Le Georges était de l'ancienne époque, pas commode. Il ne parlait pas beaucoup. C'était le travail qui comptait, les vignes, les champs. Il est mort asphyxié dans le silo où on entreposait le maïs pour les bêtes. C'était en 1981. Il voulait voir le niveau et l'état de l'ensilage, sûrement pour qu'on les aère après. Mon frère et moi, on était dans les vignes au même moment. Ma femme est décédée à l'accouchement de la petite dernière, deux ans avant. Les trois petits, ils étaient chez mes beaux-parents. Alors, c'est mon frère Louis et moi qui l'avons retrouvé en rentrant le soir. Il ne s'était pas assuré avec la corde et il n'avait pas mis un masque de protection respiratoire, comme à son habitude. Il n'est pas remonté à temps. C'était en octobre. Notre mère était déjà morte depuis plus de neuf ans à l'époque. À cause du crabe.

Il tira à nouveau sur sa cigarette. Puis il expulsa longuement la fumée de ses poumons avant de continuer. Remuer le malheur lui demandait du temps.

– Et mon grand frère Louis, il est mort deux mois plus tard que notre père, en décembre. Même putain de période de l'année que pour Aurélie. Un accident de chasse… C'était important la chasse pour lui. Le sanglier, depuis… Je ne peux plus en manger, surtout pas à Noël.

Il prit une dernière bouffée et écrasa le mégot sous sa semelle.

– Pour mon fils Jean, ajouta-t-il douloureusement, c'était en décembre lui aussi, en 1991, dix ans après. Il s'est noyé. Je n'ai jamais compris pourquoi il était parti pêcher à la tombée de la nuit en décembre. Demandez au commandant Steintz. Il était là quand ils ont sorti son corps du lac. Il sait mieux que moi, lui.

Roland partit derrière le hangar, le dos courbé par les années et le poids du malheur, les larmes aux yeux. Il avait sa pudeur. Il ne pleurerait pas devant un flic.

Nathan resta encore quelques instants sur le banc puis rejoignit Jacques. Encore le commandant Steintz et sa non-transparence…

– Allez Jacques, on enchaîne, dit-il en s'asseyant au chaud dans la voiture. On a du monde à interroger. On va commencer par le directeur de la fanfare. Tu peux aussi téléphoner aux archives de la gendarmerie et de la police de sûreté, s'il te plaît ? On a besoin de sortir les dossiers des décès du fils, du frère, et du père de Roland Dutroit.

– Ok, confirma Jacques. Tu as flairé quelque chose ?

– Tu ne trouves pas que tous ces décès, ça fait un peu beaucoup pour une seule famille ?

– Ça fait toujours trop. Bon, je téléphone à Steintz pour faire accélérer la demande aux archives.

– Non, répondit un peu trop vivement Nathan. J'irai lui parler plus tard.

– Pourquoi ?

– Une intuition. J'ai besoin de vérifier certaines choses en direct avec lui, de voir ses réactions. Il me faut un peu de temps.

Jacques resta silencieux. Il savait qu'il ne tirerait rien de plus de son chef.

CHAPITRE 15

D'abord se confronter à soi. Un pied dans l'enquête, un pied à l'extérieur, en même temps. Et dans cet intervalle, ouvrir l'espace pour le regard critique.

Nathan avançait un pas après l'autre, dans le brouillard, la chaleur de son haleine participant à la buée ambiante. Il était parti dans la nuit, avec la frontale. Il voulait voir le lever du soleil depuis la Dôle. Il avait besoin de son rayonnement. Il allait être au-dessus de la mer de nuages et laisserait son regard parcourir les sommets des Alpes, le Mont Blanc juste en face de son visage. Il ressentait le besoin de prendre de la hauteur.

L'effet antirecul de ses peaux de phoque lui permettait de progresser rapidement. Encore un petit quart d'heure et l'objectif serait atteint.

Il entendait ses skis de randonnée crisser contre la neige encore gelée, bruit rassurant dans le silence de la forêt, où seuls les craquements lugubres des pins retentissaient. Pendant deux brefs instants, il s'était senti observé. Ajda lui avait dit que le loup était revenu. Trois meutes avaient été repérées dans le Jura à une centaine de kilomètres et un solitaire avait été aperçu sur ce territoire. Aussi dans le canton de Vaud, certains faisaient campagne pour que des tirs soient autorisés. Il fallait abattre le loup nuisible pour favoriser la sérénité des troupeaux de moutons et surtout celle de leurs propriétaires. *Face aux conflits de territoires, il avait été fait appel à la peur ancestrale de la prédation*, se dit Nathan avec cynisme. Il accéléra néanmoins le rythme.

Il sentait son cerveau travailler, malgré l'intensité de l'effort physique. La sueur coulait dans son dos, alors que les degrés se trouvaient bien en dessous de zéro. Il plongeait dans un état légèrement hypnotique et ses réflexions commençaient à émerger, à s'entremêler, à s'enlacer. Quelque chose en lui advenait. Il ne savait pas quoi. Pour le moment, il concentrait toute son attention sur l'écoute de son souffle, de ce qui respirait en lui et autour de lui.

Depuis hier après-midi jusqu'à tard dans la soirée, avec Jacques, ils avaient interrogé les membres principaux des réseaux auxquels appartenait Aurélie. Cela n'avait rien donné. Pas l'ombre d'une piste. Ils avaient seulement reçu la confirmation de ce qu'ils savaient déjà. Nathan avait l'impression de tourner en rond. Il détestait ça.

Il pensa à Jacques, qui avait pris son week-end pour profiter d'un temps ressourçant en famille à Loèche-les-Bains, à l'occasion de l'anniversaire de sa belle-sœur. Aujourd'hui et demain, il allait barboter avec ses enfants dans l'eau des thermes. Nathan avait senti qu'il avait été éprouvé plus que d'habitude par l'autopsie d'Aurélie. Dans l'eau à trente-huit degrés, Jacques allait se laver de l'odeur du sang, du corps mort. Il allait se purifier de la proximité avec le mal radical, exposé nu sur la table en acier. Pendant quelques heures, il allait vivre, pleinement.

Ajda quant à elle allait bosser tout le week-end avec l'équipe des stups. La piste d'un meurtre lié au trafic de drogue devait être explorée jusqu'au bout. Même si le médecin légiste avait signifié que le couteau utilisé pour ouvrir le corps et prélever le cœur ne pouvait pas être un koumya. La lame courbe à double tranchant du poignard marocain ne correspondait pas aux marques laissées sur les tissus. Il fallait rechercher un couteau avec un seul tranchant, bien aiguisé.

Nathan inspira profondément. Il venait d'arriver au sommet, à 1677 mètres d'altitude. Il déposa ses skis près du « bol », l'observatoire tout blanc servant à la fois de station météorologique et de régulateur de trafic pour l'aéroport international de Genève. Il s'y adossa et sortit de son sac à dos un thermos de thé vert brûlant et sa paire de jumelles. Dans quelques instants, il assisterait au rougeoiement du ciel et essayerait de repérer un des groupes de chamois vivant sur les coteaux.

Les premiers rayons du soleil vinrent caresser délicatement ses joues. Il ferma les yeux et sombra dans le sommeil de longues minutes.

En les ouvrant, il fut surpris de la vue qui s'offrait à lui. La mer de nuages était déjà quasiment dissipée, lui permettant d'entrevoir des pans du lac Léman. Il put même distinguer un voilier, petit point scintillant sur l'eau calme. Il embarquerait bien lui aussi dessus. Cela lui fit se rappeler une lecture qui l'avait marqué, lorsqu'il était étudiant en philosophie. L'auteur Paul Ricœur y expliquait que la trame de nos existences était comme le passager d'un voyage, embarqué dans un trois-mâts. Le premier mât était celui de la mémoire, le deuxième celui de l'histoire et le troisième celui de l'oubli[3]. La mémoire, portée par les témoignages, élargie par leurs confrontations, pouvait parfois ouvrir un horizon du nouveau. Mais il arrivait aussi que l'oubli prenne le dessus sur la mémoire. Pour stopper la mémoire douloureuse et avec elle, la spirale infernale de la vengeance ou de la culpabilité. Pour laisser la place à une autre mémoire, que l'on espérait plus apaisée. Nathan, face à la splendeur des sommets, eut alors une certitude. Une brèche dans le temps s'était effectuée. Et c'était une mémoire refoulée, traumatique, torturée, solitaire, qui s'était réveillée.

3. Pour plus d'infos :

CHAPITRE 16

– Quoi de neuf Ajda ? demanda Nathan, le téléphone dans une main et un café dans l'autre.

Depuis sa descente, après sa douche et un rapide en-cas, il avait pris le temps de récupérer les dossiers des décès Dutroit aux archives cantonales pour les analyser méticuleusement. L'après-midi s'annonçait longue et laborieuse.

– S'il y avait eu quelque chose de neuf, je vous aurais appelé, répondit-elle laconiquement. Vous voulez quoi ?

Nathan esquissa un sourire. Ajda s'obstinait toujours à le vouvoyer, même après plus de deux ans de travail en commun.

– J'ai avec moi les dossiers des décès, de l'arrière-grand-père, du grand-oncle et de l'oncle d'Aurélie, enchaîna-t-il. Ils ont facilement été trouvés dans les archives de la gendarmerie. Tous classés sans suite, en tant qu'accidents. Je vais les étudier. En parallèle, peux-tu s'il te plaît faire un arbre généalogique de la famille d'Aurélie sur quatre générations, comme tu l'as déjà fait pour l'enquête du réseau pédophile entre Vaud et Valais ? J'ai besoin d'y voir plus clair, de visualiser. J'ai le sentiment que nous passons à côté de quelque chose.

– Ok, je peux le commencer cet après-midi, dit-elle avec une pointe d'intérêt dans la voix. Ici, c'est le calme plat.

– De quoi as-tu besoin ?

– Des certificats de famille depuis la naissance de l'arrière-grand-père d'Aurélie ou au moins depuis son mariage. Je dois aussi interroger le grand-père d'Aurélie. Pour comprendre son ressenti, à ma manière. C'est le référent de la mémoire familiale. C'est intéressant ce qu'il vous a partagé hier matin. Envoyez-moi aussi les éléments saillants des dossiers sur les accidents mortels, quand vous aurez fini de les analyser.

– Je m'en occupe. Je vais demander aux archives civiles de t'envoyer les certificats par mail. Mais Ajda, je ne pense pas que tu puisses interroger le grand-père aujourd'hui. Il a besoin de souffler un moment, de récupérer un peu. Il pourrait se braquer. Il a déjà lâché pas mal de choses hier.

– Oui, je comprends. Ce n'est pas urgent. Mais pour envisager les interactions familiales et leurs enjeux transgénérationnels, je n'ai pas vraiment le choix.

– Demain ?

– Ça me va.

– Je téléphonerai demain matin alors, pour que tu puisses aller le voir dans la journée.

– Chef ?

– Oui, Ajda ?

– Cela s'appelle un génogramme, pas un arbre généalogique.

– Merci du rappel, lança Nathan légèrement surpris. Ajda qui parlait plus que d'habitude…

– Chef ?

– Oui ?

Nathan retint sa respiration.

– Je souhaiterais poser dix jours de vacances dès le 24 décembre, si l'enquête le permet, reprit Ajda, d'une voix légèrement saccadée.

– Bien sûr, reprit Nathan étonné. C'était toujours lui qui l'obligeait à prendre ses congés et encore, elle revenait au bureau avant la fin de leur délai. Jacques prend quelques jours pour Noël. Il en garde pour février. Si tu le souhaites, tu peux même poser douze jours.

– Non, ça ira dix jours.

Puis après un bref silence, elle ajouta un merci à peine audible.

– Un souci Ajda ? demanda doucement Nathan.

– Non, chef. À plus tard.

Elle raccrocha avant même que Nathan ne lui réponde. Cette demande aiguisa sa curiosité. *Tiens, tiens, tiens, que se passe-t-il dans la vie de ma coéquipière ?* pensa-t-il avec un léger sourire au coin des lèvres.

Nathan avala la dernière gorgée de son café. Il fit la grimace. Déjà froid. Il s'assit devant la table de son salon et regarda les dossiers étalés devant lui. Trois épaisses chemises de couleur beige, résumant l'essentiel de trois vies et de trois morts. Et pour chacune d'entre elles, il existait des coïncidences avec le décès d'Aurélie, dans les dates comme dans la brutalité de la rupture. Il inspira profondément avant de plonger tête baissée dans le malheur, écrit en noir sur blanc, dans un langage d'experts, froid et impersonnel. Jusqu'au soir, plus rien d'autre n'existerait autour de lui que le contenu de ces rapports.

Il était 19 heures passées quand il referma le dernier dossier. Il avait les yeux en feu et la nuque raide. Il se leva, fit quelques mouvements pour s'étirer et se réapproprier son corps. Aucun élément probant n'était ressorti. Une corde et un masque absents, un fusil mal positionné, une barque qui tangue. Et un peu trop d'alcool dans le sang pour les trois. Juste assez pour ne pas ressortir à temps du silo avec des vertiges à la suite de l'émanation de gaz toxiques, pour trébucher sur le fusil ou encore pour perdre l'équilibre debout dans la barque. Une seule différence : un psychotrope dans le sang pour l'oncle d'Aurélie avait été détecté en plus. C'était bien Steintz, pas encore commandant à l'époque, qui avait suivi l'affaire. Les circonstances auraient pu suffire à faire ouvrir une enquête, mais Steintz avait directement classé le décès comme simple accident. Il y avait là un élément à vérifier. Nathan devrait ronger son frein, Steintz serait joignable lundi seulement.

Il se dirigea vers la baie vitrée, laissant son regard se perdre dans la nuit qui recouvrait toute la ville et bataillait avec les lumières de l'éclairage public. En suivant la piste des objets, dans cette litanie morbide, corde, masque, fusil, barque, il n'arrivait pas à y placer la pierre. Pas de logique. La pierre était la marque d'un meurtre. Elle le rendait visible, incontournable.

Que veux-tu nous dire ? murmura-t-il à l'intention du meurtrier. *Pourquoi une pierre à la place du cœur ?*

Il tapota légèrement la vitre de ses doigts, quelques battements réguliers sur la paroi glacée, comme pour lui faire signe. Il savait que cette nuit, il attendrait une réponse qui ne viendrait pas. Frustré, il envoya un message et obtint en retour ce qu'il espérait. Il enfila son manteau et sa paire de baskets. Il avait rendez-vous avec la vie, un samedi soir sur la terre.

CHAPITRE 17

Elle aimait bien ça. Dépecer. C'était ce qu'elle allait regretter le plus, *pensa-t-elle. Son patron était en train de lui annoncer qu'à la fin de son apprentissage, qui s'achevait demain, il ne la garderait pas. Il validait son stage, elle était compétente. Mais il savait qu'elle baisait avec son fils et il était hors de question que ce dernier continue une relation avec elle. Elle n'était pas assez bien pour lui. Il ajouta avec un air méprisant:* « Tu n'es qu'une couche-toi-là. » *Et il connaissait son histoire, les rumeurs sur sa famille, sa mère internée et sa grand-mère avant elle. Il ne voulait pas de petits-enfants dégénérés. Il avait accepté de la prendre pour rendre service au pasteur. Il avait rempli sa part du marché. C'était tout, fini.*

Elle ne disait rien, elle ne montrait rien. Parle, parle petit monsieur…

Elle trouverait le moyen de faire mal à son tour. Elle n'était pas pressée. Elle attendrait le bon moment.

Son débile de fils était à côté de lui et restait muet comme une carpe, le regard rivé au sol. Lâche. Comme son frère, comme son père, comme sa mère.

Elle tenait bien serré dans sa main le document de la validation de son stage. Rien d'autre ne comptait.

Avec ça, elle allait obtenir son diplôme et la liberté. Elle venait d'avoir 18 ans et allait enfin pouvoir gérer sa vie sans dépendre de personne. Elle trouverait facilement un emploi ailleurs, rien à foutre de rester dans cette entreprise. Elle envisageait même de partir loin.

Pour sûr, elle allait quand même regretter de ne plus pouvoir accompagner l'autre idiot certains samedis matin à la chasse. Il lui avait appris à tirer et surtout à dépecer. C'était elle qui s'en occupait dans la cabane qui se trouvait au milieu de leur bois. Enfoncer le couteau dans la chair encore tendre du lièvre ou du faisan, inciser précisément pour vider la bête sans abîmer la viande, sentir la chaleur du sang sur ses mains. Oui, elle aimait bien. C'était rassurant, une tâche parfaitement efficace. Et pour une raison inconnue, cela excitait l'autre idiot de la voir faire. Il la prenait alors souvent par-derrière, mais cela ne la dérangeait pas trop. Elle regardait alors ses mains bien posées à plat sur l'établi, avec les traces de sang encore dessus.

Elle haussa brièvement les épaules. Elle trouverait bien un moyen pour continuer. Il lui avait offert un joli couteau, bien aiguisé, pour son anniversaire. C'était toujours ça de pris !

Elle n'attendit pas la fin du discours foireux du père de l'idiot. L'insulte ça allait bien un temps et elle ne souhaitait pas s'énerver. Surtout ne pas lui faire ce cadeau de croire qu'il aurait pu lui faire mal avec ses paroles. Elle claqua la porte sans un regard vers son ancien patron et encore moins vers son fils.

En se dirigeant vers la maison de la grand-tante, elle ne s'attarda pas sur ce qu'elle venait de vivre. Elle avait des choses plus importantes à gérer. Elle se demandait plutôt comment elle allait bien pouvoir se débarrasser de la vieille peau. Toujours pas crevée celle-là ! *Elle avait besoin de récupérer son argent le plus rapidement possible.*

Elle monta un à un les escaliers étroits qui menaient à la cuisine et se servit un verre d'eau. Elle sentit la présence de Ruth dans son dos, avant même qu'elle n'ouvrît la bouche.

– *Alors, il t'a viré ton patron ? J'en suis sûre ! dit-elle dans un sifflement mauvais. Tu crois que les gens ne parlent pas, que je ne sais pas ?*

Elle se retourna pour faire face à la vieille peau, le visage imperturbable.

– *Mon stage est validé, répondit-elle calmement. J'ai réussi mon apprentissage et dans quelques semaines, j'aurai mon diplôme. Je partirai et je ne te reverrai plus.*

– *Parce que tu crois qu'un patron voudra de toi ? enchaîna-t-elle la voix remplie d'une haine sourde. T'es qu'une petite pute ! Une sale petite pute comme ta mère ! Comme ta grand-mère ! T'es bonne qu'à ouvrir les cuisses et à fermer ta gueule !*

Elle sentit quelque chose monter en elle et commencer à l'envahir, violemment. Elle regarda ses mains. Elle avait envie d'y voir le sang de sa grand-tante dessus. Elle les posa sur ses tempes pour essayer de calmer la tempête intérieure.

– *Tais-toi la vieille. Tais-toi !*

– *Tu crois que je ne sais pas ce que tu fais la nuit ? Dans ma chambre ? Tu crois que je n'ai pas vu ton petit manège avec mes gouttes ! Pauvre imbécile ! lança-t-elle avec mépris. Je vais tout raconter au pasteur et tu auras bien la honte encore une fois.*

Son corps se mit à trembler malgré elle.

– Ferme-là ! Tu ne vas rien dire la vieille, t'as compris ! cria-t-elle.

La vieille tante poussa un petit rire nerveux.

– Tu crois que tu me fais peur ? J'en ai vu d'autres ma pauvre fille ! Je suis toujours vivante moi ! Pas comme ta grand-mère et ta mère ! Et je vais te dire, ta grand-mère, elle l'avait bien cherché si elle a été enfermée chez les fous. Elle avait fait comme toi ! Elle avait écarté ses cuisses et elle s'était fait engrosser par un homme de bien. Elle avait raconté des mensonges sur lui, elle avait dit qu'il l'avait prise de force. Moi, je le connaissais. Avec ta grand-mère, on faisait les foins dans ses champs. Il n'y avait pas besoin de se forcer avec lui. Au moins, lui, il a toujours eu la belle vie ! Et il est toujours vivant ! Tu vois, c'était qu'une sale menteuse ta grand-mère ! Une petite traînée, et stupide en plus de ça, aussi idiote que ta mère.

Elle enchaîna sans reprendre son souffle, le visage cramoisi :

– Et quand je pense que mon frère a accepté de recueillir ta mère, une fille de rien, la fille d'une traînée enfermée chez les fous ! Ah ! Ils ont bien eu raison mes neveux de lui faire ce qu'ils lui faisaient. Elle ne méritait pas mieux. Et toi, c'est pareil ! Tu mérites qu'à te faire virer !

Elle était sous le choc de ce que lui racontait sa grand-tante, les tremblements ne s'arrêtaient pas.

– Son nom… Dis-moi son nom… De celui qui a fait à ma grand-mère…

– Tu ne crois pas que je vais te le dire pour que tu ailles foutre ta merde ? répondit-elle pleine de hargne.

Elle se rapprocha d'elle, la prit par le col et la poussa fermement en direction de l'escalier. Ruth prit peur.

– Son nom... répéta-t-elle calmement, insistant sur chaque syllabe, serrant le col de plus en plus fort.

Ruth le prononça au moment où elle perdit l'équilibre, poussée par les deux mains enragées de sa petite-nièce. Sa nuque se rompit d'un seul coup, sous la violence du choc, contre l'arête de la première marche, au bas de l'escalier

Le sang d'une blessure au crâne se déploya sous elle, formant rapidement une petite mare.

Elle respira profondément, les tremblements s'étaient arrêtés. Elle regarda ses mains, il n'y avait pas de traces.

CHAPITRE 18

– Tu fais quoi ? demanda Sylvia en ouvrant une bouteille de vin blanc.

– Un truc pour le boulot, répondit Ajda la tête ailleurs.

– Tu penses avoir bientôt fini ? On mange un petit morceau ? J'ai super faim. J'ai ramené vite fait de quoi nous faire des toasts sympathiques. Je n'ai pas eu le temps de cuisiner pour nous, mais j'ai quand même préparé quelques macarons en plus de ceux pour ma commande d'aujourd'hui. Caramel beurre salé, une tuerie ! Tu vas adorer. Avec ce bon Chardonnay, ça va être parfait !

Elle laissa s'échapper un rire tout cristallin. C'était irrésistible.

– Ok. J'arrête !

Sylvia se mit à déposer plusieurs victuailles sur la table, pendant qu'Ajda commençait à ranger ses affaires de travail.

– C'est sympa ce que tu fais, ajouta Sylvia en regardant un de ses schémas. Ça ressemble à certains documents sur les différents types d'hominidés en Europe centrale. Comme pour ceux que nous avons mis en place la semaine dernière avec mon collègue. Nous appelons ça des arbres phylogénétiques.

– C'est quoi ? demanda Ajda en se servant à son tour un verre de vin.

– Ce sont des arbres schématiques qui montrent les relations de parenté entre des groupes d'êtres vivants, expliqua brièvement Sylvia. Mais le tien ressemble plus à un arbre généalogique, non ?

– Tout à fait Julie Lescaut ! ironisa doucement Ajda. C'est un génogramme. Cela permet de visualiser un système familial et les types d'interactions entre les membres, à partir du point de vue subjectif d'un de ses membres. Cela aide à repérer les récurrences entre les générations.

– C'est une sorte de carte historique et relationnelle d'une famille ?

– Oui, avec à la fois des éléments factuels et d'autres issus du ressenti de la personne avec qui tu es en lien pour sa construction. C'est assez évolutif. Les carrés représentent les hommes et les ronds les femmes. Les croix à l'intérieur symbolisent les personnes décédées.

– Mais si je regarde ton schéma, là il n'y a que le factuel, non ?

Ajda s'approcha de Sylvia et passa ses bras autour de sa taille, par-derrière. Elle admirait l'intelligence vive de son amante. Elle posa son menton sur son épaule.

– C'est exact, murmura-t-elle en lui embrassant l'oreille. Et quelle est ton impression ?

Le génogramme était anonymisé, seuls les prénoms et les dates étaient notés, avec les premières indications des décès. Ajda avait envie de partager avec elle quelque chose de son univers. C'était la première fois de sa vie que cela lui arrivait et la sensation était assez agréable, bien qu'étrange. Elle discernait une forme de complicité dans leur relation amoureuse. Et bizarrement, cela ne lui faisait plus aussi peur qu'avant.

Sylvia regarda pendant quelques instants le schéma avec une attention soutenue.

– La branche aînée disparaît à chaque génération sans laisser de descendance et à un âge de plus en plus jeune, constata Sylvia d'un ton assez laconique.

Elle laissa s'échapper un soupir.

– Et… interrogea Ajda qui sentait que son amie n'avait pas exprimé tout ce qui lui trottait derrière la tête.

– C'est systématique, mais est-ce voulu ? Dans certaines sociétés archaïques, il existait la pratique du sacrifice rituel de l'enfant mâle premier-né. Il était offert aux dieux, pour assurer la fécondité de la famille. La branche aînée disparaissait forcément. Cela me fait aussi penser à ce qui pouvait se dérouler en Grèce antique. Par exemple à Athènes, cinq jours après la naissance d'un enfant, le père devait le reconnaître comme son enfant légitime. Si ce n'était pas le cas, il mourait exposé sur la place publique, enchaîné par les pieds avec un clou enfoncé dans les talons. Dans la Rome impériale, il était aussi fait mention de cette tradition, appliquée pour des enfants malformés. Mais sur ton schéma, les dates de décès ne fonctionnent pas, ce sont tous des adultes qui décèdent et le dernier est une femme. Comme si c'était intentionnel, à partir d'un double décès que l'on pourrait qualifier d'originel à l'automne-hiver 1981.

Un silence s'installa entre elles. Ajda détacha ses bras et prit le schéma pour le placer dans son porte-documents. La mort les avait rattrapées. La temporalité des décès s'inscrivait dans leur réalité.

– Je suis désolée, chuchota Sylvia. J'ai réagi en scientifique alors que c'est tellement triste ce qui est exprimé sur ce dessin.

– C'est moi qui suis désolée, répondit Ajda, sur un ton un peu trop froid à son goût. Je n'aurais pas dû te mêler à l'affaire en cours.

Ni l'une ni l'autre n'avait désormais envie de manger quoi que ce soit. Sylvia eut alors un geste qui bouleversa Ajda. Elle prit les deux verres de vin et les posa sur la table, puis serra Ajda tendrement dans ses bras. Elles restèrent debout, l'une contre l'autre de longues minutes, écoutant mutuellement leur respiration, essayant de se protéger brièvement de la rudesse du monde.

– Viens Ajda, allons nous coucher s'il te plaît.

Elle se laissa conduire jusque dans la chambre, refermant doucement la porte derrière elles.

CHAPITRE 19

Il faisait étonnamment beau et beaucoup moins froid. Le redoux annoncé pour les trois prochains jours était au rendez-vous. La neige fondait, laissant boue et terre détrempée apparaître au bord des routes. Nathan jeta un bref regard sur sa montre. Le culte commençait à 10h30. Il serait à l'heure. Par le site internet de la paroisse, il avait vu que la pasteure qui connaissait bien Aurélie officiait à Gimel, dans un village pas très loin du lieu du meurtre. C'était une célébration prévue avec les enfants du catéchisme, pour le troisième dimanche de l'Avent. Il allait se retrouver avec des parents plus ou moins contraints d'être là au lieu de dévaler des pistes de ski et qui en plus avaient l'obligation de s'extasier face aux interventions limitées de leur progéniture. Nathan n'avait reçu aucune éducation religieuse, il n'était pas croyant et s'en portait très bien. Il pouvait comprendre le besoin de certaines personnes de se rassurer quand ça n'allait pas, de se raccrocher à quelque chose de l'ordre d'une puissance transcendante pour affronter les épreuves de leur vie. Mais alors, l'histoire de la résurrection du Christ, des miracles de Jésus et tout le tralala religieux, il trouvait cela ridicule. Et il ne supportait pas le pouvoir et l'emprise mentale dont certains groupes religieux ou des membres du clergé pouvaient bénéficier. Il avait dû enquêter sur un cas de pédophilie quelques années auparavant et ce qu'il avait découvert de ce milieu lui avait glacé le sang. C'était à des années-lumière des valeurs de bonté et de partage prônées par l'Église. Seules certaines compositions musicales écrites pour des fêtes religieuses trouvaient crédit à ses yeux, surtout celles d'Haendel.

Il soupira. Une bonne heure à tenir, cela devrait aller. Il n'avait pas pris le temps de réaliser des recherches sur la pasteure. Hier soir, il avait décompressé. Bar, alcool puis sexe avec une professeure de sport tout juste divorcée. Pas de suite annoncée, ce qui était exactement ce dont il avait besoin en ce moment.

D'après les dires de la famille d'Aurélie, la pasteure était assez jeune et dynamique. Ce qui ajoutait à sa perplexité. Comment pouvait-on en arriver à ce genre de choix professionnel ? D'ailleurs on disait quoi, madame le pasteur, madame la pasteure ? Nathan arrêta là ses réflexions, tout en coupant le moteur et le son sympathique du chanteur Ben Mazué.

Il y avait foule sur le parvis du temple. Des sourires, des rires même, fusaient de part et d'autre. Nathan allait entrer quand il fut interpellé par des adolescents.

– Bonjour, lui dit une jeune fille d'une quinzaine d'années la mine enjouée, voici un flyer pour présenter le projet solidaire que nous avons choisi de soutenir avec notre groupe de catéchisme pour ce Noël. Nous vous proposons une vente de pâtisseries trop bonnes, faites par nous, à la sortie du culte. On compte sur vous !

Nathan se retrouva avec une feuille A5 recto verso dans les mains sans avoir eu le temps de prononcer un mot, face au débit ininterrompu de l'ado. Un demi-sourire vit le jour sur son visage, puis il entra, agréablement surpris par l'ambiance conviviale qui se dégageait. Dans ce temple austère régnait un joyeux brouhaha, toutes les générations confondues. Un monsieur d'un certain âge l'accueillit chaleureusement, lui donna un livret, un post-it et un crayon, en l'encourageant à écrire une intention de prière pour une personne ou une situation. Ce serait lu au moment de la dernière prière, dite d'intercession. Que d'explications en quelques minutes ! *C'était bien pensé pour permettre à chacun de se sentir intégré*, se dit-il.

Les repères de Nathan étaient tout de même légèrement mis à mal sur ce qu'il pensait être une célébration protestante traditionnelle. Il s'assit sur l'avant-dernier banc et regarda tout ce qu'il avait dans les mains. Il posa le crayon et le post-it à côté de lui, perplexe. Le flyer était destiné à une association pour aider à la scolarité des enfants d'Haïti et le livret pour permettre de suivre les chants de Noël.

Puis un piano et une clarinette se mirent à jouer un morceau festif. L'orgue a priori n'était pas de service ce matin !

Nathan regarda l'assemblée. Se pouvait-il que l'assassin soit là ?

Les enfants étaient sur les premiers bancs ou assis sur des coussins par terre devant, attentifs à tout ce qui se passait. Le temple était plein, les visages semblaient sereins. Il écouta son instinct, plongea quelques instants en lui, pour se mettre au diapason de ce qui se passait. Une légère tension régnait. Quelque chose de l'ordre d'une excitation mélangée à de la tristesse.

Au moment où la musique s'arrêta, une femme vêtue d'une longue robe noire avec un rabat blanc se leva et prit place devant un pupitre, en face de l'assemblée. Nathan eut comme un coup de poing dans le ventre. Elle avait de longs cheveux châtain clair, tenus à l'aide d'une queue-de-cheval toute sage, de grands yeux bleus, des pommettes saillantes, ainsi qu'une bouche délicatement ourlée. Elle dégageait un rayonnement particulier, à mi-chemin entre douceur et force intense. Un maquillage discret mettait en valeur une peau nacrée. Elle ne ressemblait en rien à l'image pastorale transmise par les tableaux représentant Calvin, qu'il avait été obligé d'aller voir gamin avec sa classe au Musée international de la Réforme en vieille ville de Genève. D'un vieux monsieur sévère qui semblait chétif et assez aigri, il se retrouvait face à une bombe ! Il ne put s'empêcher d'imaginer ce qu'il y avait sous la robe. Le mâle alpha en lui s'en délecta quelques instants, à sa grande surprise.

– Soyez tous les bienvenus, dit-elle d'une voix charmante en esquissant un beau sourire. Que vous soyez là pour la première fois, ou que vous soyez un habitué, quels que soient vos doutes ou vos convictions, votre confession ou votre chemin spirituel, votre âge, votre condition sociale ou médicale, votre orientation affective ou votre identité de genre. C'est le Dieu de lumière, d'où provient toute lumière qui nous accueille, dans son amour inconditionnel, tels que nous sommes. Oui, la grâce et la paix nous sont données de la part du Dieu

Père-Mère, qui fait de nous ses filles et ses fils, dans le nom de Jésus-Christ et du souffle sacré, Esprit Saint.

Sur ces dernières paroles, la pasteure alluma une première grande bougie posée sur la table de communion, juste à côté d'elle.

Puis, son visage devint plus grave, ses yeux s'embuèrent légèrement.

– Nous vivons cette célébration aussi en communion avec les personnes qui ne sont plus ou qui n'ont pas pu venir car elles sont aux prises avec une maladie ou un deuil. Nous pensons en particulier à Aurélie et à sa famille. Face à une telle tragédie, face à l'horreur brutale et incompréhensible, nous sommes tous unis dans une douleur sans nom.

Elle alluma une deuxième bougie, avec une tendresse bouleversante. Une larme coulait le long de sa joue et quelques sanglots se firent entendre en provenance de l'assemblée.

– Et nous voulons aussi, portés par une espérance plus forte que tout, nous unir aux êtres nouvellement arrivés sur notre terre et avec ceux qui vont bientôt nous rejoindre, les bébés et les enfants à naître. En particulier, celui qui est au chaud dans le ventre de Laura, ici avec nous.

Une troisième bougie de forme ronde fit alors jaillir une petite flamme. Nathan se sentit soudain très ému par ce temps d'accueil. Quelque chose de fort et de simple se déroulait, dans une modernité qu'il n'aurait jamais pu soupçonner. C'était à la fois solennel et profond, sans fioritures, sincère. Puis, après quelques autres paroles, le premier chant de Noël retentit. L'assemblée se leva et les enfants vinrent se placer sur le devant, face à eux. Nathan se mit debout comme les autres et écouta, son radar en alerte. Quelque part, une ombre planait, le diapason n'était pas en parfaite harmonie.

Le reste du culte s'enchaîna entre prières, conte pour enfants avec l'histoire d'une chouette, lectures bibliques et prédication proposée par la pasteure. Nathan but littéralement ses paroles, fasciné par le ton de sa voix et la justesse de ce qu'elle tentait d'exprimer. Le fond lui apparut pas mal non plus, autour du pardon qui n'est pas l'oubli, mais plutôt la rupture de la spirale de la violence. Et comment l'enfant peut être porteur de cet horizon du nouveau. Elle cita Hannah Arendt, tout en alliant son propos d'objets symboliques, pour permettre à chacun, grands comme petits, d'y trouver son compte.

Pas mal, pensa-t-il. *Pas mal.*

Une fois le dernier chant partagé, l'assemblée se dispersa, en direction du verre de l'amitié et de la vente de pâtisseries.

Il attendit patiemment que la pasteure ait fini de parler avec des paroissiens avant de se diriger vers elle. Elle était en train d'ôter sa robe quand il l'aborda près de la chaire. Il put profiter de la vision d'une deuxième petite robe noire, simple bien qu'assez courte et près du corps. Elle mettait en valeur un physique plus que sympathique, celui d'une poupée fine avec des formes généreuses, là où c'était particulièrement intéressant pour ses yeux. *Il y placerait bien ses mains aussi d'ailleurs*, se dit-il, troublé à cette pensée.

– Bonjour, lui dit-elle en le gratifiant d'un sourire généreux. C'est la première fois que vous venez ? Je ne crois pas que nous nous soyons déjà vus, non ?

– Nathan Redlink, inspecteur, répondit-il en lui tendant la main. J'ai la charge de l'enquête concernant Aurélie.

Elle lui serra la main, le regard soudainement sombre. Il avait l'impression qu'un petit oiseau fragile s'était posé au creux de sa paume.

– Oh, c'est vous… prononça-t-elle avec émotion. Je ne m'attendais pas à vous voir ici. Pardonnez ma confusion.

– Je comprends, ajouta-t-il doucement. Le moment n'est pas très bien choisi, mais j'ai besoin de vous parler. Quelques questions seulement, puis nous pourrons prendre un autre rendez-vous. Cela vous va ?

– Oui, c'est ok pour moi, pas longtemps. Je suis attendue dehors. Venez dans la sacristie.

Il la suivit dans une pièce adjacente. Il repéra tout de suite la boîte de kleenex, une petite bouteille d'eau ainsi qu'un sac rouge avec paillettes, posé négligemment sur un siège. La marque était bien visible, *Vanessa Bruno.*

Une pasteure avec un tel sac… Il allait de surprise en surprise. La sacristie était exiguë et il put sentir son parfum, floral et élégant. Il apprécia et se fit violence pour se concentrer sur la raison de sa présence.

– Merci de m'accorder quelques instants, enchaîna-t-il. Les parents d'Aurélie ont expliqué que vous étiez proche d'elle, avec un voyage de trois semaines passé ensemble en Polynésie l'été dernier.

Elle opina de la tête.

– Vous a-t-elle confié certaines choses qui pourraient aider l'enquête en cours ?

– Nous avons partagé beaucoup, forcément. Mais quels sujets en particulier vous intéressent ? demanda-t-elle ses grands yeux posés calmement sur lui.

– Son petit copain, son réseau d'amis, sa vie scolaire par exemple. Avait-elle des soucis, subi du harcèlement, des problèmes dont elle n'aurait pas pu parler avec son entourage familial ? Des addictions ?

– C'est beaucoup de questions à la fois, répondit-elle troublée.

Elle réfléchit quelques instants en silence, tout en serrant doucement son poing. Une manière discrète de plonger en elle et de se concentrer, remarqua Nathan.

– Par rapport à son petit copain, elle était en chemin, ajouta-t-elle avec sérieux. Elle se demandait si elle allait continuer avec lui. Nous en avons discuté deux ou trois fois ensemble. Lui, je ne le connais pas vraiment. Il a l'air gentil. Au niveau de sa scolarité ou de ses amis, elle ne m'a pas parlé de harcèlement. Aurélie était pleine de vie et une jolie personne. Je n'imagine pas qu'on ait pu vouloir lui faire du mal…

Sa voix s'enroua. Nathan comprit qu'elle luttait pour ne pas exploser en sanglots.

– Quand aux addictions… Aurélie a eu une phase de consommation, plutôt occasionnelle, en lien avec un événement traumatique, une histoire de chatons tués deux ans auparavant. Elle ne prenait que du cannabis à ma connaissance. Elle avait arrêté depuis la Polynésie. Sa joie de vivre était vraiment revenue depuis ce mois de septembre. C'est… c'était une chouette jeune.

Un long soupir la traversa. Elle leva vers Nathan un visage d'une profonde tristesse.

– Je ne sais pas quoi dire, là. Je me sens tellement impuissante. Nous sommes en train de préparer ses funérailles, qui auront lieu ce mardi. Est-ce possible de se revoir juste après ?

– Oui, c'est bien ainsi. On se revoit après l'enterrement, dit-il doucement.

– Vous y serez ? prononça-t-elle presque dans un chuchotement.

Quelque chose de l'ordre d'une supplique semblait se cacher derrière cette simple demande.

– Oui, je serai là, confirma-t-il en plongeant son regard dans le bleu infini de ses yeux.

Une légère tension sembla disparaître du corps de la jeune pasteure.

– Je vous laisse ma carte avec mon numéro personnel. N'hésitez pas à m'appeler, si quoi que ce soit vous revient d'ici là. À bientôt madame la pasteure. Je ne commets pas d'impair en vous nommant ainsi ?

– C'est bien cela, répondit-elle avec bref sourire, en penchant légèrement sa tête de côté. Mais je préfère Viviane, si cela vous va.

– Viviane alors. À mardi.

Il sortit rapidement de la sacristie. Il avait besoin de respirer un peu d'air frais. Il ne comprenait pas vraiment ce qui venait de se passer, quelque chose que l'on pourrait peut-être qualifier d'un coup de foudre. C'était bien la première fois de sa vie qu'il ressentait une telle émotion, les fameux papillons dans le ventre… Toutes ses alarmes intérieures se mirent à hurler. Danger. À cloisonner. Tout de suite.

Pris à partie sur le perron du temple, il se retrouva tout de même avec des brownies dans les mains et un billet en moins dans la poche.

Une fois la voiture démarrée, il jeta un regard dans le rétroviseur. Viviane était en train de parler avec les jeunes. Il sentait une connivence naturelle entre elle et eux. Elle dégageait une aura vraiment spéciale. Qui l'attirait irrésistiblement. Elle était un lien pour l'aider dans l'enquête. Mais il n'arrivait pas à discerner comment. *Mardi*, se dit-il comme un mantra, *mardi*.

CHAPITRE 20

Ajda était sur le pont depuis 8 heures. Super dimanche à rester en observation dans l'aquarium de la brigade des stups. Elle regarda sa montre. Il était 16 heures, ras-le-bol. Elle aurait préféré rester dans les bras de Sylvia tout en caressant ses fesses toutes douces. Au lieu de ça, l'ennui. Elle avait eu le grand-père Dutroit au téléphone. Il était trop éprouvé pour la recevoir cet après-midi. Ils avaient pris rendez-vous pour le lendemain matin.

La seule chose intéressante de cette journée avait été l'interception de quatre messages une demi-heure auparavant entre deux des jeunes du trio. Ils utilisaient leur langage codé et parlaient d'une livraison de fleurs plus importante que d'habitude. Cela avait mis le service en alerte. Alain Jordan, l'inspecteur principal de la brigade, entré aux stups depuis plus de dix ans, avait été mis au courant. Il allait les rejoindre dans quelques minutes. Il était vif, proactif, avec un fort esprit de chasseur et, cerise sur le gâteau, il coopérait facilement. Il était la cheville ouvrière de la division enquêtes et réseaux depuis deux ans comme de la plateforme « drogue, santé et sécurité publique » créée cette année. Ajda avait déjà eu l'occasion de collaborer avec lui et elle l'appréciait. C'était un pugnace, un endurant.

Il passa la porte, déjà au fait des différents éléments et se tourna vers elle avec un grand sourire.

– Salut Ajda, content de te voir. As-tu une info à partager qui aiderait à faire un lien entre le meurtre de la jeune fille, le trafic local des cannabinoïdes ou les mules marocaines ?

– Quel type d'info ?

– Je ne sais pas trop, demanda-t-il concentré. L'usage de certaines armes, une mise en scène violente, une marque sur place ?

Ajda ne voulait pas l'orienter sur une fausse piste. Elle réfléchit quelques secondes.

– Tu as des exemples qui pourraient m'aiguiller ?

Il leva les yeux au ciel puis ajouta en soupirant :

– Par exemple, pour les expéditions punitives, les trafiquants vont plutôt se servir de pistolets, de fusils-mitrailleurs et de matraques télescopiques. Nico, sors-lui les photos transmises par la PJ de Dijon, l'affaire de 2020, dit-il à l'intention du jeune policier en charge de l'analyse des données.

– Tout de suite chef ! répondit l'ado sur le tard tenant une bouteille de Coca à la main. Et voilà en direct.

Le grand écran en face d'eux afficha des photos d'une quinzaine d'armes à feu, avec carabines, armes de poing et deux pistolets-mitrailleurs. Sur l'une d'elles, trois couteaux.

– Les armes ont été retrouvées au domicile d'un gros trafiquant en banlieue dijonnaise, dans la cité des Grésilles, continua Alain. Il habitait juste avant à

Morges. La perquisition a été faite après une rixe entre deux bandes rivales.

Ajda pointa son doigt en direction de la photo avec les trois gros couteaux à lame fine.

– Les couteaux, ils ont un usage particulier ?

Alain jeta un regard rapide sur Ajda.

– C'est surtout dans le cas des guerres de territoire ou pour une vengeance personnelle, reprit-il après quelques secondes de silence. Certains chefs de réseaux aiment manier le couteau pour montrer qui ils sont. Jusqu'à arracher les visages. Ça reste dans les mémoires. La petite a été tuée avec un couteau, c'est ça ?

Ajda ne répondit pas. Elle avait les yeux rivés sur l'écran.

– Une pierre posée d'une certaine manière peut-elle servir de marque ?

– C'est possible. Une pierre avec une marque faite au couteau, ça peut être utilisé comme une sorte de borne. Pour marquer une frontière par exemple, le partage du territoire entre dealers.

– Dans le meurtre d'Aurélie, enchaîna Ajda, ces deux éléments sont présents. Le couteau et la pierre. Pour la transmission du dossier complet, j'en informe Redlink et il revient vers toi, ok ?

Elle se dirigea tranquillement vers la sortie.

– On fait comme ça. Je te tiens au courant si on a du nouveau. La livraison ne devrait plus tarder. Je coordonne personnellement la coopération entre les différents secteurs. Passe une bonne fin de dimanche !

L'inspecteur avait déjà la tête dans un dossier. L'opération conjointe entre brigades et polices cantonales se précisait.

Ajda poussa la porte de l'aquarium après un léger hochement d'épaules. Elle avait besoin de téléphoner à son supérieur. Mais avant, de réfléchir, vraiment.

CHAPITRE 21

Ajda se changea dans les toilettes de la brigade des stups. Elle avait toujours son sac de sport avec elle. Elle enfila sa tenue de running et ses baskets de trail d'hiver. Elle avait besoin de décharger émotionnellement. Elle allait courir ses vingt kilomètres en même temps que le coucher du soleil, dans la ville et sa proche banlieue. Elle enfonça les écouteurs dans ses oreilles et se protégea du froid en mettant par-dessus un bandeau. Elle commença par des petites foulées pour s'échauffer dans l'air glacial de cette fin d'après-midi. Au bout de cinq minutes, son rythme s'installa sans effort. Elle aimait sentir son corps répondre à ses exigences. Le pousser un peu plus, un peu plus loin. Elle avait besoin de ce contrôle sur elle-même pour ne pas sombrer. Le dimanche soir restait toujours terrible à vivre pour elle. Sa mère était morte un dimanche soir. Elle avait été placée d'urgence un dimanche soir. Cette première famille d'accueil avait été très maltraitante. *Ne pas y penser, ne pas y penser*, se répétait-elle en allongeant la foulée. Elle tourna à gauche et descendit en direction d'Ouchy. Aller près du lac, le longer pour laisser l'eau calme l'apaiser un minimum, vite.

Ajda reçut à ce moment-là un message sur son Apple Watch. Nathan... *News?* Elle lui répondrait après. Encore un peu de temps, juste pour elle. Laisser la réflexion s'installer.

Elle focalisa sa pensée sur le son de la playlist, le best of de NTM. Joey lui donnait l'énergie pour oublier la douleur au genou. *Pose ton gun*, hurlait-il dans le dernier live enregistré à Paris. Plaidoyer illusoire.

Elle commençait à lutter contre la bise noire qui venait de se lever, brusquement, comme à son habitude. Dans moins d'une demi-heure, elle serait à *décorner les bœufs* comme disait Fred, éleveur de bovins à Saint-Georges. C'était un ami de son oncle, qui avait su l'apprivoiser au fil des années. Grâce à un usage très modéré de la parole et de nombreux verres de schnaps.

Depuis le début de sa course, elle n'avait croisé personne, malgré la distance parcourue. Au bout de vingt minutes, elle sentit son esprit se libérer et put se concentrer pleinement sur le sujet qui l'habitait. Le meurtre d'Aurélie pouvait-il être lié à une guerre de territoires entre bandes rivales? La pierre dans le cœur avait-elle été placée pour signifier une quelconque frontière? Quel rôle jouait les fournisseurs marocains? Damien, son stupide petit copain, traînait à un niveau ridicule dans le trafic de cannabis. Et le trio n'était pas si important que ça dans la chaîne de distribution. Alors pourquoi Aurélie?

Il était temps qu'elle cuisine Damien pour savoir s'il lui avait été demandé d'élargir son offre à d'autres produits ou s'il devait prendre de nouvelles responsabilités. À chaque respiration, Ajda mettait au point son approche pour l'interrogatoire serré qu'elle s'apprêtait à mettre en place le lendemain. Nathan serait d'accord. Il ferait le tampon pour que cela n'interfère pas avec la filature du fournisseur de la grosse livraison potentielle et le coup de filet qui en découlerait au moment de l'échange.

Elle bifurqua sur la droite et commença une montée bien pentue pour retourner au parking de la brigade des stups. Plus rien ne comptait que la douleur diffuse dans les jambes.

En arrivant à la voiture, trempée et haletante, elle prit ses affaires de rechange dans le coffre. Elle se changea sur la banquette arrière. Elle enfila un vieux t-shirt noir, un gros pull, un jean et des bonnes chaussettes, en attendant la douche glacée pour régénérer les muscles. Elle but le thé vert tiède qui l'attendait dans un thermos et jeta un regard vers le bâtiment gris plongé dans le noir. L'aquarium était allumé. Elle sentit qu'il devait y avoir de l'agitation à l'intérieur. Une excitation s'en dégageait. Elle se doutait qu'elle serait mise au courant dès demain matin des nouveautés de la nuit.

Elle brancha le Bluetooth et sélectionna le numéro de son chef tout en passant la marche arrière. Nathan décrocha à la deuxième sonnerie.

– Merci de rappeler, dit Nathan avec un brin d'impatience. Tu as appris quoi ?

– La rumeur de la grosse livraison se précise. Il y a eu des échanges de messages codés entre deux des trois jeunes du trio cet après-midi, répondit Ajda sur un ton neutre.

– Une date est sortie ?

– Pas encore. Mais Alain Jordan nous a rejoints. Il coordonne la future opé. Ça va être ces prochains jours ou même ces prochaines heures.

– Ok Ajda. Autre chose ?

– Il veut qu'on lui explique le mode opératoire pour le meurtre d'Aurélie. Je l'ai renvoyé à vous.

– Je lui transfère le dossier.

– J'ai besoin d'interroger Damien demain. Pour découvrir s'il était censé prendre de nouvelles responsabilités dans le réseau du trio ou s'il a été contacté par une autre bande. Ça pourrait être un mobile…

– Pas demain. Si Alain est au bureau, c'est que l'opération est imminente. Il ne faut pas interférer. Et puis, il va sûrement nous demander de participer. Demain, tu restes aux stups.

– Je vois le grand-père Dutroit demain matin pour avancer sur le génogramme. Il ne se sentait pas aujourd'hui.

– Alors, tu y vas. Je prends contact avec Alain. Je nous mets Jacques et moi à sa disposition si la livraison se précise. Essaie d'être aux stups à partir de midi. Bonne soirée Ajda.

Nathan mit fin à la conversation avant même qu'elle puisse répondre. Elle arrivait de toute façon à son appart. Douche, souper avec Sylvia et câlin. Elle s'y ferait presque… Elle s'arrêta un peu trop brusquement à un feu rouge. Une pensée tenace s'installa. Le bonheur n'était-il pas qu'une illusion ? Dans quoi s'embarquait-elle ?

CHAPITRE 22

Elle l'avait retrouvé. Cela avait été très facile. Il n'habitait pas si loin que ça. Il était vieux et encore assez alerte. Elle l'avait regardé aux jumelles. Elle avait essayé de distinguer une quelconque ressemblance, un signe qui aurait montré qu'il était bien son grand-père maternel. Elle n'avait rien trouvé. Mais elle savait reconnaître. La brutalité. De ceux qui n'aiment pas les femmes. De ceux qui les utilisent seulement.

La vieille peau avait très bien pu mentir. Il fallait qu'elle trouve une preuve. Elle réfléchissait comment, tout en enfilant un pantalon noir ainsi qu'un chemisier achetés la veille. Elle avait rendez-vous chez le notaire. Cela faisait plus de trois mois que Ruth était morte. Elle avait téléphoné à la police après avoir bien tout préparé dans sa tête et vérifié que rien de compromettant ne traînait dans la maison. Elle avait dit qu'elle avait retrouvé le corps en rentrant. Ils l'avaient crue. Des imbéciles qui se croyaient intelligents. Elle avait joué à la pauvre petite orpheline. Elle savait faire quand c'était nécessaire. Qu'elle était soulagée d'avoir eu ses 18 ans quand la vieille avait passé l'arme à gauche. Aucun connard n'avait pu l'obliger à quoi que ce soit. Elle était restée dans la maison. Elle allait bientôt toucher l'argent de son père et devenir l'héritière de sa grand-tante. Ils lui devaient bien ça et elle allait sacrément en profiter.

Qu'ils pourrissent bien au fond de leur tombe ces deux-là, à côté du porc.

Elle allait vendre cette putain de baraque et louerait un petit appartement pas loin. Elle pourrait surveiller le vieux facilement. Et trouver le moyen de savoir. La semaine prochaine elle recevait son diplôme. Elle était libre. Et elle allait faire mal. Elle en avait tellement envie. C'était comme une brûlure qui répandait son feu à l'intérieur d'elle, de haut en bas. Elle en tremblait parfois, tellement c'était intense. Elle lissa à nouveau ses cheveux.

Le pasteur sonna à la porte. Déjà ? *Il avait plus d'une demi-heure d'avance. Il venait pour l'accompagner chez le notaire. Il avait insisté.* Merde ! *Il allait vouloir entrer et lui parler. Quel pot de colle celui-là. Tout était bien rangé et propre bien entendu. Mais elle n'aimait pas qu'on s'introduise dans son intimité. Et puis elle allait encore avoir droit à une brassée de sollicitude ou de morale à la con qui la dégoûtait. Elle n'avait pas vraiment le choix. Elle ne pouvait pas l'envoyer balader.*

Raisonne-toi, calme-toi.

Il lui avait proposé un travail de secrétariat à mi-temps à la paroisse pour tout l'été et peut-être pour un bout de l'automne, pour remplacer Mireille qui s'était cassé le col du fémur. C'était un bon plan pour effectuer ses recherches sans que personne ne se doute de rien. Peut-être qu'elle trouverait dans les registres de la paroisse un élément qui l'aiderait à confirmer les dires de la vieille peau. De toute façon le pasteur partait aux vacances de patates. Il était déjà à la retraite depuis plusieurs années et allait enfin dégager définitivement. Il assurerait juste la transition pendant un mois avec son nouveau collègue.

Elle courut à la cuisine, renversa trois doses de café dans la machine et la mit en route. Elle descendit lui ouvrir en se mettant en état d'alerte, alors qu'une deuxième sonnerie retentit.

– Bonjour pasteur, dit-elle d'une voix posée.

– Je te dérange ?

– Vous ne me dérangez pas, je suis déjà prête.

– J'ai un peu d'avance. J'aimerais te parler.

– Bien sûr, ajouta-t-elle en lui faisant signe d'entrer. J'allais justement me servir une tasse de café. Cela vous tente ?

– Avec plaisir, répondit-il d'une voix fatiguée.

Il la suivit d'un pas lourd dans les escaliers. Elle ne supportait pas de l'avoir dans le dos et serra discrètement son poing droit, pour sentir ses ongles s'enfoncer dans sa paume. Se concentrer sur la légère douleur. Ne pas imaginer. Ne pas penser.

L'odeur du café la ramena dans l'instant présent. Tout était parfait.

Ils s'installèrent l'un en face de l'autre à la table de la cuisine, qui était un peu bancale malgré le petit bout de carton qu'elle avait glissé sous un des pieds. Elle servit le café, en ajoutant un sucre dans la tasse du pasteur. Elle savait qu'il appréciait ces petites attentions. S'il imaginait qu'elle faisait ça pour lui faire plaisir, il se fourrait bien le doigt dans l'œil. Elle connaissait juste ses goûts depuis le temps. Il l'avait baptisée alors qu'elle n'avait pas un mois et avait toujours suivi la famille. Même pas foutu de se rendre compte de ce qui s'y passait. Quel nul !

– Je suis content que tu aies accepté de remplacer Mireille cet été, commença-t-il après avoir avalé une large gorgée. Comment vas-tu avant d'aller chez le notaire et après tout ce que tu as vécu avec le décès de ta grand-tante ?

– Je me sens plutôt bien. Je suis triste encore. Mais vous m'avez toujours dit qu'il fallait aller de l'avant. Que notre Seigneur a un projet pour nous.

Il la regarda quelques instants en silence. Elle n'arrivait pas à interpréter. De la méfiance ? De la fatigue ? En faisait-elle trop ?

– Notre Seigneur t'accompagne, c'est sûr. Et c'est bien que tu te mettes à son service à ta manière. Tu es courageuse, continua-t-il. Je sais que ton enfance n'a pas été facile. Puisque tu parles de projet, tu en as un ?

– Oui. J'aimerais vendre cette maison.

Elle fit une brève pause, tout en baissant les yeux, simulant un désarroi nostalgique.

– Je comprends, trop de mauvais souvenirs…

Elle haussa la tête de bas en haut, silencieusement. C'était assez intéressant de laisser ces idiots d'adultes faire leurs questions-réponses tout seuls.

– Et tu aimerais habiter où ?

– À la ville, pas très loin de la maison de paroisse. Ou dans un village aux alentours.

– Tu ne penses pas partir une fois le remplacement fini ? Ce serait peut-être bien que tu voyages un peu, que tu te changes les idées ? Ou même que tu fasses une petite formation complémentaire, à Lausanne par exemple.

– Je ne pense pas, pas pour le moment, répondit-elle doucement, tous ses sens sentant le danger poindre. J'aimerais bien d'abord passer mon permis de conduire. Et réfléchir à ce que je veux vraiment. Je crois que... j'ai besoin d'un peu de temps.

Le pasteur posa sa main sur la sienne. Elle était moite. Elle se fit violence pour ne pas la retirer. Tout en elle hurlait.

Mais qu'il me lâche cette vieille merde. Putain ! Lâche-moi !

– Tu sais bien que ma femme et moi, nous serons toujours là pour toi, enchaîna-t-il en accentuant sa pression. Si tu veux venir vivre un moment avec nous, c'est bien volontiers.

Elle le regarda droit dans les yeux en souriant humblement.

– Merci beaucoup pasteur. Je me sens bien entourée grâce à Madeleine et à vous. Mais je me sens assez forte. La prière m'aide beaucoup.

Il retira sa main et s'enfonça dans le dossier de la mauvaise chaise en bois.

– C'est comme tu veux, bougonna-t-il.

– Vous pensez que je pourrais avoir une lettre de recommandation de votre part pour ma recherche de logement s'il vous plaît ?

Elle vit l'hésitation le gagner. À quoi jouait-il ? Il voulait la garder sous sa coupe, c'est sûr. Il ne la lâcherait jamais ce vieux machin. Trouve une idée, vite.

– Vous savez, quand je vous dis que j'ai besoin de temps, de réfléchir, c'est parce que j'hésite peut-être à me

lancer dans des études pour devenir diacre. Grâce à vous, grâce à Dieu, je me dis que peut-être…

Il écarquilla les yeux d'étonnement.

– Si telle est sa volonté, nous verrons bien, dit-il sceptique.

Son visage se durcit en une seconde. Le pli au coin de sa bouche n'annonçait rien de bon.

– Je te rappelle tout de même que la place de la femme, c'est d'abord auprès de son époux et de sa famille, enchaîna-t-il avec autorité. Tout travail que tu effectueras ne doit pas t'empêcher d'être disponible pour ton futur foyer. L'apôtre Paul nous l'affirme très clairement : « femmes soyez soumises à vos maris ». Ce serait un lourd péché de penser et d'agir autrement. Tu connais pourtant bien ma position sur ce sujet. Un diacre doit être un homme. Car cela demande un engagement total au service de notre Seigneur. Il en va de même pour un pasteur. Aussi, je te demande de reconsidérer ton souhait, en prière et en relisant le chapitre 5 de la lettre de Paul aux Éphésiens. Nous en reparlerons bientôt. Je te ferai la lettre de recommandation après notre prochaine conversation. Bon allons-y, il est temps. Maître Fontanel est toujours ponctuel.

Elle laissa s'échapper un bref soupir de soulagement. Qu'il prit pour de la peur.

– Ne t'inquiète pas, je suis là pour t'aider à traverser cette épreuve.

Quelle épreuve vieux con ? Je veux juste que tu te barres.

– Merci pasteur. Je vous suis.

Elle fit bien grincer sa chaise sur le carrelage brun, exprès en se levant, pour accélérer le départ. Elle en était désormais sûre et certaine. Il n'allait pas la lâcher. Il se doutait de certaines choses. Lesquelles ? Impossible à savoir. Il fallait qu'elle trouve un moyen pour se débarrasser de lui. Ne pas le tuer. Juste le rendre inopérant. Inoffensif. Et lui soutirer tout ce qu'il savait. Elle allait avoir un été bien occupé.

CHAPITRE 23

Jacques bâilla un grand coup. Encore une nuit difficile. Zacharie leur menait la vie dure. C'était lui qui avait dû se lever à plusieurs reprises. Mathilde était revenue du week-end avec un mal de gorge carabiné. Elle avait dû prendre froid dans les bains, en n'arrêtant pas d'alterner le chaud et le froid. Au moins, la soirée d'anniversaire s'était bien passée. La belle-sœur avait été charmante. Ce qui était rare. Et le pendentif choisi par Mathilde avait fait son petit effet. Quarante ans tout de même, ce n'était pas rien. Elle avait encore de beaux restes la belle-doche. Faut dire qu'elle ne travaillait pas et passait presque toutes ses matinées à la salle de sport. Et à part bouffer des graines, elle n'avalait pas grand-chose d'autre. Pour sûr, le gras n'avait pas de prise sur elle. Elle ressemblait tout de même plus à un tas d'os qu'autre chose. Lui, il aimait bien les formes de Mathilde. C'était beau, doux, soyeux, généreux. Il se remémorait leur samedi soir dans la chambre d'hôtel. Cela avait été bon. Un soupir de bien-être le traversa, coupé par la sonnerie du téléphone : Nathan.

– Bonjour Jacques, t'es en planque ?

– Comme convenu, depuis 6 heures du mat'. Merci pour le réveil aux aurores. Et il fait toujours nuit pour info.

Un léger rire se fit entendre à l'autre bout du fil.

– Du mouvement ?

– Rien. Ça dort. Si ça bouge, je lui file le train et je t'appelle tout de suite. J'ai aussi son portable sur écoute en direct.

– Jacques, tu feras la filature en solo si ça arrive dans la matinée. Tu es en soutien des collègues de la brigade des stups. Mais dis-moi dès qu'il y a du mouvement.

– Et Ajda ?

– Elle va ce matin interroger le grand-père d'Aurélie, puis aux stups après. Si t'as besoin d'un coup de main, je peux venir vers toi vers 13 heures.

– Tu restes joignable ?

– Oui, par message prioritairement. Si ça bouge, je veux être averti rapidement.

– Tu as un plan perso ce matin ou bien ?

– Je vois Steintz. Ensuite, Alain m'a demandé d'aider les collègues du canton de Genève et la gendarmerie française pour une filature à la frontière vers Annemasse. C'est peut-être en lien avec des membres de la famille d'un des jeunes du trio. On débriefe de toute façon avant la fin d'après-midi. Tu as ta gourde de café ? ajouta Nathan narquois.

– Ta gueule, chef.

Jacques raccrocha illico en souriant. Il regarda à nouveau les fenêtres de l'appartement du petit dealer, pseudo-chef du trio. Aucune lumière. Froid. Sommeil. *Ne pas s'endormir*, pensa-t-il tout en se servant sa troisième tasse de café et en resserrant la couverture autour de lui.

Nathan était déjà sur la route en direction du commissariat quand il avait appelé Jacques. La musique lancinante du groupe de country alternatif *Handsome Family* l'accompagnait douloureusement, *far from any road*... Il fallait qu'il intercepte Steintz avant une quelconque interférence. L'aube ne pointait pas encore son nez et les rues étaient déjà pleines de voitures. Ça bossait dur pour beaucoup de gens.

En garant sa voiture sur le parking, il repéra tout de suite celle du commandant. Il était déjà là. Logique. Cette matinée était cruciale pour sa division. Il accéléra le pas pour rejoindre le bâtiment en verre. La chaleur du hall d'entrée le réconforta. La bise avait forci dans la nuit. Elle transperçait toutes les couches d'habits et glaçait les os, sans pitié.

Il monta les escaliers quatre à quatre pour se réchauffer et pour ne croiser personne dans l'ascenseur. Tout était d'ailleurs assez calme. Les équipes étaient déjà sur le terrain, prêtes à agir au moindre signal.

Il arriva devant la porte du bureau du chef de la gendarmerie et frappa énergiquement. La lumière qui filtrait du dessous de la porte ne laissait pas de doute. Il était bien présent.

– Entrez, dit Steintz d'une voix autoritaire.

Nathan poussa la porte avec une belle énergie. Le combat entre mâles alpha allait commencer.

– Bonjour commandant.

– Bonjour Nathan. Je ne m'attendais pas à vous voir, répondit Steintz d'un ton agacé. Que se passe-t-il ? Vous avez trouvé l'assassin d'Aurélie ?

Ses épaules s'étaient légèrement affaissées au moment où il avait prononcé le nom de la jeune victime. Il semblait à la fois triste et soucieux. Nathan avait devant lui un homme fatigué par les années d'un boulot à responsabilité et qui avait côtoyé les pires tragédies. Le vieux flic était lessivé.

– Pas encore. Malheureusement. J'ai besoin d'approfondir certains aspects de l'enquête. Dont un avec vous en particulier.

– Vous savez bien que je n'ai aucune implication dans cette affaire. Cela relève de votre service.

Il ne montrait aucun désir de collaborer. Pas d'autre choix que de le confronter.

– Cela concerne le dossier de Jean Dutroit. Votre rapport.

Steintz leva les yeux de sa paperasse et regarda Nathan surpris.

– C'est-à-dire ?

– Vous avez réalisé la sortie du corps du lac. Vous avez classé l'affaire, en concluant à un accident, une mort par noyade. Pourquoi ?

Le commandant eut un mouvement du torse, comme s'il avait reçu un léger coup en plein milieu du ventre. Nathan l'avait ferré.

– C'était il y a trente ans, répondit-il avec une pointe de colère dans la voix. Je n'ai plus les éléments du dossier en tête. Pourquoi me demandez-vous ça ?

– Je vous le demande parce que la dose de psychotrope trouvée dans le sang du défunt aurait suffi pour ouvrir une enquête. D'autant plus que deux morts par accident se sont produites pour le père et l'oncle de Jean Dutroit dix ans auparavant.

Nathan avait insisté sur chaque syllabe du nom du défunt. Un éclair de panique était alors passé dans le regard de Steintz. Nathan avait vu juste. Il couvrait quelque chose.

– C'est quoi ce petit jeu Nathan ? répondit Steintz du tac au tac. Si j'ai conclu à l'époque à un accident, c'est que c'était le cas.

– Vous n'avez rien d'autre à ajouter, commandant ? Je fais rouvrir l'enquête alors ? Avec l'assassinat d'Aurélie en cours ? Avec votre proximité relationnelle avec cette famille ?

Le commandant Steintz se passa les mains sur le visage et se leva lourdement de son siège.

– Ce n'est pas ce que vous pensez…

– Je ne pense rien. Je veux comme vous. Comme la famille. Arrêter celui qui a fait ça.

Nathan s'assit. Steintz lui tourna le dos, le regard perdu à travers la baie vitrée, vers l'aube qui pointait à l'horizon.

– Mon fils François connaissait très bien Jean. L'avant-veille de sa mort, ils ont eu une dispute. Le soir du décès, j'étais tout le temps avec lui. Il était hors de cause.

– Pourquoi n'avoir pas ouvert une enquête ?

– Pourquoi salir une personne ? La réputation de deux familles ? Qu'il soit mort accidentellement ou qu'il se soit suicidé… Est-ce que l'accident, ce n'est pas moins violent pour ceux qui restent, moins culpabilisant ?

Nathan resta silencieux. Il se doutait de la suite de ce qu'allait dire Steintz. Il fallait bien qu'il justifie son choix.

– Et ne me faites pas la tirade sur la déontologie à avoir dans ce métier. L'éthique du flic… J'ai fait ce qui était à faire. Le moins pire. Je le sais.

– Pourquoi Jean se serait-il suicidé à cause d'une dispute ? ajouta Nathan, avec fermeté.

– Mon fils, tout juste majeur, venait de rompre avec lui. Ils étaient amants. Depuis plus d'un an.

Le silence s'installa. Lourd. Engluant. Nathan regarda le message reçu au même moment. Il était en retard. Il se leva et sortit sans un mot, laissant Steintz à ses démons.

CHAPITRE 24

7h30.

De la lumière dans la cuisine de l'appartement. Le jeune dealer était réveillé. Jacques l'était aussi, la caféine coulait à plein régime dans ses veines. Il était sur le qui-vive. C'était confirmé. Le trio allait récupérer sa came aujourd'hui. Les services des différents cantons étaient aussi sur le coup et ils allaient ensemble filer le train au gars. Il regarda les voitures aux alentours et repéra le fourgon sur la route en dessous. Oui, il n'était pas seul. Tant mieux. Une demi-heure plus tard, le noir revint dans l'appartement. Un scooter sortit du parking souterrain. Le fourgon démarra et commença sa filature. Jacques fit de même à quelques secondes d'intervalle après avoir envoyé un message à Nathan. Un mot suffisait: «go». C'était la mauvaise heure. Il y avait du monde qui descendait la rampe d'Aubonne pour rejoindre la bretelle d'autoroute. Le fourgon fut bloqué au bout de 200 mètres. Jacques connaissait bien le coin. Il prit un chemin parallèle en voyant à distance le scooter doubler la file de voitures et s'engager vers la gare d'Allaman. *Pas con le jeune.* Il allait prendre le train. Le fourgon ne tentait aucune manœuvre. Il voulait rester discret. De toute façon, les caméras de surveillance allaient faire le reste pour le repérer et une autre équipe devait être en attente dans la gare. Jacques était juste là en soutien, au cas où Damien pointerait son nez pour une raison ou une autre. Il posa sa voiture sur le parking Ikea et partit en petites foulées vers les quais. Il avait le look du travailleur pas réveillé, en retard pour choper son train. Celui-ci arrivait à quai. Le Leman express, direction Annemasse voie 1. Un autre serait en gare dans une minute direction Lausanne, sur la voie 2. Ça fourmillait de monde. Jacques accéléra la foulée en pariant sur celui qui allait vers Genève. Il grimpa dans le premier wagon au moment où les portes se refermaient. Il était compressé de toutes parts mais se fraya un chemin à l'aide des coudes pour monter au rang supérieur. Il vérifia la localisation du jeune avec son téléphone portable. Peine perdue. Elle le signalait chez lui. Le jeune dealer avait dû en acheter un autre, prépayé, juste pour l'occasion. *Il a les bons réflexes,* pensa Jacques.

Ce fut au moment où le train s'arrêta à Gland que Jacques retrouva sa trace. Le jeune était resté debout près des portes de la voiture 3. Bonnet enfoncé sur la tête, il ne semblait pas stressé. Deux détails, pas d'écouteurs dans les oreilles, une paire de gants fins sur les mains. Il était en hyper vigilance et sans appareil qui pouvait trahir sa position. Il ne pouvait se douter que les caméras dans les wagons suivaient ses moindres mouvements. Le jeune descendit tranquillement à Gland. Et là dans la foule, il sortit un téléphone, envoya un message et monta dans le train direction Saint-Maurice sur le quai d'en face. Jacques repéra alors deux flics en civil arriver en courant et monter dans le train en direction de Genève-Annemasse. Le jeune brouillait les pistes. Aucun besoin d'aller à Saint-Maurice. Il avait dû passer le relais à son pote de deal et allait se débarrasser dans la minute de son téléphone en ayant détruit auparavant toute trace.

Jacques trouva un siège libre contre la porte qui séparait la deuxième classe de la première et s'y installa confortablement. Deux rangs devant, à sa gauche se trouvait le deuxième du trio, avec capuche foncée tombant sur le haut du visage. Un peu de chance ne faisait de mal à personne. Les deux flics n'étaient pas avec lui dans le compartiment. Jacques ferma les yeux quelques instants pour réfléchir au protocole que les jeunes avaient probablement préparé. Ils anticipaient le fait de se savoir suivis et peut-être sur écoute. Le troisième larron devait se trouver sur la ligne en attente d'instructions du deuxième si tout semblait se dérouler normalement. D'habitude, la marchandise était récupérée dans un casier en gare de Genève. À la vue de tous. Mais il n'y avait jamais eu autant de précautions de prises. Jacques était quasi sûr que le livreur avait changé de lieu et donnait les informations au compte-goutte.

Le train entrait déjà en gare de Genève. Le jeune descendit tranquillement et se dirigea vers les nouvelles toilettes publiques au niveau du quai 1. Jacques fit de même. Le jeune s'enferma dans un WC, tandis que Jacques soulageait sa vessie à grand bruit dans l'urinoir. Cela urgeait, elle était pleine du litre de café avalé. Ce n'était pas sorcier de deviner ce que le jeune faisait. Il envoyait un message au troisième puis il allait lui aussi se séparer du téléphone, non sans l'avoir rendu inopérant. Le jeune sortit de sa cache et alla se laver les mains pendant que Jacques refermait sa braguette. Ils n'échangèrent pas un regard. Jacques s'approcha du lavabo au moment où le jeune partit. Cela ne servait plus à rien de le suivre. Il entra dans le WC dans lequel il s'était enfermé. Pas de téléphone. Il avait dû le faire passer en tirant la chasse d'eau. Jacques descendit tout de même au niveau des casiers automatiques de la consigne de la gare. Il n'y était pas. En remontant, il le repéra en train de boire un café au Starbucks du premier étage. Le dernier du trio devait déjà être en route, ailleurs. Jacques se sentait frustré. Soudain il comprit. Le dealer n'avait pas choisi cette place en hauteur par hasard. Il pouvait surveiller les allées et venues. Jacques entra dans le magasin de la Migros juste en dessous. Il acheta un jus de fruits sur le présentoir de l'entrée en passant par la caisse rapide. Il n'avait pas quitté le jeune des yeux. L'échange allait être imminent. Jacques vit alors le dernier du trio passer à vingt mètres devant lui puis entrer dans la parapharmacie située juste en face, dans le hall principal. En s'approchant du panneau lumineux des départs, il distingua quelqu'un le rejoindre. Jacques prit son téléphone portable et attendit qu'il ressorte pour prendre discrètement une photo du nouveau. C'était un adolescent sur le tard, en survêtement et casquette vissée sur la tête. Pas de Damien à l'horizon. Le dernier du trio paya son achat et ressortit rapidement. Il avança d'un bon pas en direction du sous-sol et de ses arcanes commerciaux. Il se dirigea vers une des entrées du parking. Jacques redoubla de prudence et s'arrêta pour acheter un paquet de cigarettes au bureau de tabac juste derrière les portes vitrées que venait de passer le jeune. Au moment où il s'engouffrait à son tour dans le parking, une main ferme se posa sur sa poitrine.

– Salut Jacques, dit un flic en civil qui montrait discrètement sa carte professionnelle de l'autre main. On prend le relais. Tu m'accompagnes ? On va suivre l'opé depuis les bureaux. Tu as accès à la suite.

– Ok, répondit laconiquement Jacques, un peu frustré d'arrêter brusquement sa filature.

Ils partirent en direction de l'escalator. Ils entrèrent par une porte discrète en face de la Migros et du Starbucks. Jacques prit le temps de jeter un bref coup d'œil vers le haut. Le deuxième du trio sirotait toujours sa boisson. Ils montèrent au deuxième étage du bâtiment situé au cœur de la gare centrale et poussèrent la porte de droite donnant sur le service de la police cantonale pour les transports. Les locaux assez exigus fourmillaient de monde. L'ambiance était tendue et silencieuse.

– Tu me mets au jus ? demanda Jacques

– On est en filature sur Gaspard. Il va sortir du parking. Voiture volée, plaques changées. Elle est arrivée il y a une heure et on a posé un émetteur dessus. La came est dedans.

– La mule ?

– Une petite frappe connue de nos services, d'Annemasse, cité du Perrier. Il est reparti en train. On a les images.

– Vous arrêtez la voiture quand ?

– Quand on saura où Gaspard va planquer la came. Sur le canton de Vaud ou ailleurs.

Jacques hocha la tête. La discrétion était de mise. Il sortit quelques instants et envoya un message à Nathan. Il lui répondit aussitôt. *Va sur Damien. Au garage.* Il prit rapidement congé de ses collègues en expliquant pourquoi. De toute façon, ils n'avaient plus besoin de lui. Il opéra un demi-tour en direction des quais. Il avait un train pour Allaman dans deux minutes. Ce n'était même pas 10 heures du mat' et il était déjà claqué.

CHAPITRE 25

Alain l'avait mis au parfum en échange des infos que Nathan lui avait transmises sur le meurtre d'Aurélie. Une question de bons procédés. Ils avaient déjà collaboré et se respectaient. Ils étaient de la même race. Indomptables.

La livraison de cannabis était bien arrivée avant minuit dans la cité à Annemasse par un *go fast* en provenance d'Espagne. Le conducteur appartenait au réseau des trafiquants marocains de la famille principale du Rif. Il avait embarqué la marchandise à quelques kilomètres du port fruitier de Port-Vendres, sûrement en échange d'une grosse somme d'argent. Le processus était bien connu. Un conteneur était débarqué sur le port avec des dizaines d'autres depuis un cargo. Un camionneur le récupérait et l'acheminait en quelques kilomètres jusqu'au *go fast*. Ce dernier n'avait généralement pas le choix. Soit il acceptait contre argent pesant de faire ce bref transit, soit il était menacé, passé à tabac, voire enlevé, lui ou un membre de sa famille. Refuser devenait impossible.

Une opération de grande ampleur allait avoir lieu côté France pour arrêter la mule marocaine et les membres des principaux réseaux de distribution. À Genève et à Lausanne, les polices cantonales participaient à tracer plusieurs réseaux de petits dealers de cannabis, pour les démanteler. Pour couper les tentacules de la pieuvre qui abreuvait la jeunesse de toute la Romandie. Et la foutait en l'air. Le trio en faisait partie.

Tous les services étaient sur le qui-vive. Nathan devait aider à la filature d'un membre d'un réseau de distribution assez important qui couvrait une partie de la campagne genevoise et le bassin d'Annemasse. Un des jeunes du trio avait des liens familiaux éloignés avec deux personnes de cette chaîne. Cela pouvait-il déboucher sur des indices dans l'enquête en cours sur Aurélie ? Nul n'avait encore la réponse.

Il avait reçu des consignes une heure auparavant. Mettre une tenue de joggeur. Se baser dans une voiture, sur un parking légèrement en contrebas, le long d'une route donnant sur un chemin de marche qui traversait la frontière. Il se situait sur la commune d'un petit village. Il regarda encore une fois le panneau bien posé contre la route : Juvigny-Eglise. Il était à trois kilomètres d'Annemasse.

Un message d'Alain s'afficha sur son téléphone.

Vélo électrique, deux sacoches, âgé, veste grise, jean, bonnet gris, gants noirs, moustache, cinq minutes. Même les trafiquants avaient la fibre écolo…

Nathan sortit de la voiture et fit quelques étirements. Suivre un vélo électrique en courant, ça n'allait pas être de tout repos. La marchandise allait sûrement être planquée dans le coin ou passée à d'autres relais. Les bois de Jussy étaient parfaits pour ces transferts.

Il regarda autour de lui. Le clocher de la petite église dépassait à peine. Juste assez pour montrer son horloge et indiquer l'heure. 11h17. Tout respirait la tranquillité de bon aloi. Le massif des Voirons en face de lui était recouvert de neige, apaisant la brutalité des bois sombres. La route de la frontière sur laquelle il se tenait portait bien son nom. D'un côté la rudesse du massif proche. De l'autre, la douceur des arbres en plaine, en pente douce vers les marais de Sionnet. Il se retourna. Le Salève devant lui reliait ces deux mondes. Il faisait froid, la bise toujours présente, mais le ciel était dégagé. Le soleil réchauffait son visage. Cela changeait des derniers jours. Il esquissa un sourire. *Rien n'est constant sauf le changement*, murmura-t-il en citant Héraclite.

Il avait un parfait point de vue pour observer les allées et venues. Il repéra le vélo à deux cents mètres qui avançait à une allure raisonnable. Nathan se mit à faire des assouplissements en se servant du pare-chocs de la voiture pour poser son pied et tirer sur le mollet. Le vélo lui passa devant et tourna sur la gauche, s'enfilant sur la route forestière pavée. Elle rejoignait une petite route goudronnée qui reliait le village de Presinge aux champs avoisinants. Nathan paria sur le fait que le cycliste allait dans cette direction. Il y avait un mélange de neige et de boue sur le chemin forestier un peu plus loin sur la droite qui ne correspondait pas au moyen de transport choisi par le dealer. Il laissa le vélo s'enfoncer sur une vingtaine de mètres puis partit en filature. L'air glacial lui brûla la gorge en quelques secondes. Il devait commencer par un sprint à froid. Les muscles de son corps résistaient et le lui faisaient bien ressentir. Il serra les dents, maudit Alain et accéléra la foulée. Arrivé à la barrière qui marquait la frontière, il fit un bref arrêt. À droite la forêt, à gauche la route goudronnée. Il prit à gauche, se fiant à son instinct. Trente mètres plus loin, devant lui, le vélo était posé contre un banc et son propriétaire assis dessus, portable à la main. Un autre vélo était posé contre le banc. Il continua son jogging comme si de rien n'était, passant devant lui. Il put repérer le matériel dans sa main. Une caméra thermique. *Pas con le gars!* Il n'allait pas pouvoir rester en planque, cela paraîtrait louche. Il devait s'arrêter plus loin.

À ce moment-là, un joyeux brouhaha se fit entendre en provenance du chemin venant du bois. Il tourna brièvement la tête. Un groupe d'adeptes de la marche nordique avec leurs hauts bâtons s'approchait. Un panaché de retraités. Cela faisait partie du plan, c'était sûr! Le timing était parfait. Pas le choix. Il s'arrêta quelques foulées plus loin et fit semblant d'attacher son lacet. Il vit alors un homme sortir du bois, derrière le cycliste. Pas un regard, pas un signe. Le complice sortit un paquet d'une des deux sacoches, le mit dans celle du second cycle. Puis il repartit aussitôt, en enfourchant calmement son vélo en direction de Jussy. Une partie de la marchandise partait donc vers la Vallée Verte. Le sympathique groupe de marcheurs passa devant Nathan. Il esquissa un dernier regard en direction de la mule avant de reprendre sa course. Son corps se tendit immédiatement. En face de lui, un coureur arrivait à vive allure. Très vite, trop vite. Il était affûté et méconnaissable. Bonnet, lunettes, masque de course respirant, gants. Il devait venir chercher la came restante dans l'autre sacoche. Le coureur traversa le groupe de marcheurs et passa devant Nathan. La position de sa main fit sonner toutes ses alarmes. Il tenait quelque chose à l'intérieur de sa manche. Nathan tourna sur lui-même, les muscles bandés, prêt à intervenir. Pas le temps. Le coureur ne ralentissait pas et sortit une lame. Il la planta aussitôt dans le cou du cycliste sans lui laisser le temps de réagir. Dans l'aorte. Simple, efficace, radical. En deux secondes à peine tout était réglé. Le cycliste tenait son cou, essayant d'arrêter le flot infernal. Pas un son ne pouvait sortir de sa gorge. Il s'écroula par terre au moment où Nathan était près de lui. Il ne s'arrêta pas. Pas le temps. Le mal était fait. Impossible de l'endiguer. Pas la priorité aussi. Il voulait conserver le dessus sur le tueur. Quelques instants encore. Le tueur n'avait pas remarqué que l'inspecteur courait derrière lui. Nathan, le corps en avant, allongea les foulées. Le rythme de son cœur accéléra. Il montait en puissance. Plus que sept mètres les séparaient. Ils étaient sur un chemin de terre. Les arbres les entouraient. La forêt était plus dense. Tout devenait étouffant. Nathan agissait à l'instinct. Un cri se propagea jusqu'à eux. Le corps ensanglanté avait sûrement fait son effet auprès d'un des marcheurs. Le tueur jeta un regard par-dessus son épaule et repéra Nathan. La course reprit de plus belle. Souffle court, battement du sang dans les tempes, muscles douloureux. Tenir, vite, plus vite. Le tueur s'arrêta alors net en se tournant en même temps vers lui. Il avait un couteau à la main. Nathan n'avait pas anticipé, impossible pour lui de s'arrêter. Il eut le réflexe de s'écarter vers la gauche. La lame du couteau effleura son côté droit, à hauteur des côtes. La douleur cuisante apporta l'adrénaline nécessaire. En un geste du bras, Nathan avait entouré le cou du tueur et le mit à terre. Le couteau lui passa à quelques millimètres du visage. Il essaya de l'immobiliser avec ses jambes et le retourna, dos au sol. C'était lui ou le tueur. Pas le temps de réfléchir. Il poussa sur ses genoux, se retrouva contre son flanc gauche, empêchant la lame d'entrer dans sa gorge. D'un coup de coude, il se redressa légèrement, assez pour faire pression de tout son poids sur la main qui tenait le couteau. Il mit toute la force disponible et la rage du désespoir. La lame entra dans l'œil du tueur. La lutte cessa net.

Nathan regarda son haut de survêtement. Le sang imprégnait le tissu, en faisant une large auréole rouge. La voiture n'était pas loin. Du matériel de premiers secours s'y trouvait. Dans quelques minutes, il y serait, au chaud. Un léger voile passa devant ses yeux. Tenir, ne pas s'évanouir. Ses mains tremblaient. Il ne savait pas vraiment si c'était à cause de la perte de sang ou du choc d'avoir tué quelques instants auparavant. Les derniers mètres furent difficiles. Il grimpa douloureusement dans sa voiture en ayant pris la trousse dans le coffre. Il examina la blessure. Ce n'était pas si profond que ça mais il avait besoin de points. Les strips et le pansement compressif lui permettraient de tenir un moment. À peine ceux-ci posés qu'il téléphona à Alain. Il lui raconta au mieux ce qui venait de se passer. Alain le mit en attente, le temps d'organiser en urgence la suite avec les autres services de police. Il le reprit au bout d'une poignée de minutes.

– Tu es sûr que ça va ? lui demanda-t-il pour la deuxième fois d'un ton soucieux. Je ne t'envoie pas une ambulance ?

– Pas la peine, je t'assure. Je gère, affirma Nathan.

– Des gendarmes genevois et français arrivent sur les lieux. Ils vont sécuriser l'emplacement autour de ton agresseur. Ils vont récupérer le cannabis qui se trouve dans la sacoche du vélo. Et ils s'occupent de tracer le second cycliste. Tu es en état d'être interrogé par la cellule intercantonale ? Elle est basée à la gendarmerie de Genève. Sinon on reporte à demain.

– Je peux y aller vite fait, avant de rejoindre mon coéquipier. Il surveille Damien. Une idée de qui est le meurtrier ?

– Je te le dis dès que c'est confirmé. C'est probablement un membre d'un groupe rival. Nathan, prends soin de toi. Je dois te laisser. La descente sur Annemasse est avancée. Courage.

La conversation s'arrêta net. Nathan avala un gel énergisant, changea de sweat en étouffant un cri de douleur et mit le contact. Alors qu'il entamait la marche arrière, le clocher sonna les douze coups de midi.

CHAPITRE 26

Deux heures plus tard, Nathan arriva dans le village de Bursins. Le premier interrogatoire de la cellule s'était bien passé. La légitime défense fonctionnerait. Il ne serait probablement pas inquiété de la mort du dealer et de l'assassin de ce dernier. La police coordonnée s'appuierait sur les témoignages de certains marcheurs. Le monopole de la violence légitime était de son côté, lui octroyant cyniquement le permis de tuer.

Mais qu'est-ce qu'il a ?

Jacques regardait Nathan marcher vers lui en boitant. Il était planqué depuis plus de quatre heures devant le garage Duller. Il s'ennuyait ferme. Damien était à son poste, comme à son habitude, à changer des pneus et à faire des vidanges. Il avait pris cinq brèves pauses pour fumer une clope dehors. Il était plus maigre que jamais et portait le poids du monde sur les épaules. La vie ne l'avait pas épargné et semblait bien motivée à continuer sur cette lancée. Jacques avait du mal à l'imaginer en dépeceur d'Aurélie. Mais tant qu'il n'y avait pas de preuves de l'inverse, les soupçons ne pouvaient être levés. Le jeune allait bientôt prendre un break. Il n'avait toujours rien mangé. Jacques rêvait d'un énième café et d'un sandwich. Le thermos était vide depuis un moment et la barre de secours d'Ovomaltine, trouvée au fin fond de la boîte à gants, ne pesait plus lourd dans son estomac. Il n'avait pas eu le temps de passer à la boulangerie. Il devait rester vigilant. Damien pouvait avoir un contact avec le trio des dealers à n'importe quel moment. Et l'enjeu était de taille. Il fallait découvrir jusqu'à quel niveau Damien était impliqué dans le trafic. Aussi, Jacques était plutôt content de voir Nathan débouler devant lui. Un peu de relève… Il lui ouvrit la portière. Nathan s'assit lentement sur le siège passager.

– Tu as une sale gueule chef, commença Jacques avec une pointe d'inquiétude dans la voix.

– Toi aussi.

– Normal, je n'ai plus de café et j'ai faim, râla Jacques.

– Je ne peux pas te relever pour le moment, désolé. J'ai eu une altercation pendant ma filature. J'ai un petit souci physique à gérer.

– Besoin d'aide ?

– Non, ça va le faire.

Au ton de sa voix, Jacques comprit qu'il n'obtiendrait rien de plus de son chef.

– Je reste jusqu'à quand ? enchaîna-t-il doucement.

– Dès qu'Ajda ou moi on te téléphone ou on t'envoie un message pour te dire que le trio a été arrêté. Ça peut venir vite. À ce moment-là, tu interpelles Damien. Tu le ramènes au poste. Ajda va l'interroger. Elle s'est occupée d'obtenir l'ordonnance du proc.

– Ça marche, chef. Tu me donnes trois minutes quand même. Pause pipi et sandwich !

Nathan hocha la tête en détournant son regard. Il ne voulait pas que Jacques puisse y lire la souffrance. En se penchant pour monter dans la voiture, les strips n'avaient pas tenu. Il y avait urgence à faire quelques points avec la bonne vieille aiguille de grand-mère. Il profita de ces quelques minutes de pause pour appeler Ajda. Elle décrocha au bout de deux sonneries. Toujours aussi efficace.

– Bonjour Ajda. Tu es aux stups ?

– Oui, depuis midi.

– Topo ?

– On a des news de Genève. Une opé conjointe va débuter dans quinze minutes pour arrêter notre trio de dealers et deux autres petits réseaux, un sur Lausanne et un sur Gland. Gaspard est arrivé depuis plusieurs heures à Longirod avec une voiture dans laquelle il y a la marchandise. Il ne bouge plus depuis. Les deux autres du trio sont eux aussi tranquillement chez eux.

– Ambiance ?

– Tout se précipite. Ça bouge dans tous les sens.

– Tu peux suivre l'arrestation de Gaspard ?

– Déjà demandé. Accordé. Et Jacques ?

– Jacques est sur Damien. Il te l'amène direct pour que tu l'interroges dans nos bureaux, une fois le trio arrêté. Je rejoins bientôt le bureau des stups.

– Si je n'y suis plus, vous pourrez nous suivre sur les écrans, ajouta Ajda avec une pointe d'ironie.

– L'entretien avec le grand-père d'Aurélie s'est passé comment ce matin ?

– Il a été coopératif. Je n'arrive pas encore à faire un lien entre les décès. On en reparle plus tard.

– Ok, Ajda. Sois prudente.

– C'est noté, répondit-elle après une brève hésitation.

Le sixième sens d'Ajda s'était réveillé. Elle comprenait que quelque chose était arrivé à son chef. Elle coupa la conversation. Elle avait besoin de rester concentrée sur l'action à venir. À Bursins, Jacques entra au même moment dans la voiture, un immense jambon-beurre à la main. Nathan lui transmit les nouvelles fraîches d'Ajda puis rejoignit son véhicule. Vite, rentrer à Lausanne. La douleur devenait difficilement supportable. Une brûlure cuisante se propageait dans tout son corps par vagues successives, à partir de la plaie qui irradiait son feu. Il imagina brièvement ce qui devait se passer dans la cité des Périers au même moment. Dans le paradis des dealers. D'autres feux. L'enfer sur terre.

CHAPITRE 27

Le fait divers avait fait grand bruit. Une maman était décédée sur le coup et sa fille adolescente blessée assez gravement à une jambe. Les freins de la voiture avaient cédé alors qu'elle descendait le col du Marchairuz. Elle avait fini sa course folle contre un poteau électrique. La mère avait perdu le contrôle de son véhicule à la sortie d'un virage. L'enquête préliminaire avait conclu que l'accident était dû à une défaillance mécanique. Le tuyau hydraulique contenant le précieux liquide pour assurer la liaison entre les freins et le maître-cylindre s'était fissuré et avait entraîné leur dysfonctionnement. Le pasteur avait à sa disposition une voiture à peu près similaire, toute pourrie. Cela lui serait facile de desserrer les deux boulons retenant la durite pour causer une fuite. Il avait une réunion à La Cure dans une semaine et redescendrait le col de la Givrine de nuit pour rejoindre Nyon. Elle agirait ce jour-là. Comme remplaçante de la secrétaire de la paroisse, elle avait facilement accès à la voiture de fonction comme à l'agenda du vieux. Elle espérait une sortie de route amenant à son décès ou à un lourd handicap. Qu'il ne puisse rester un nuisible potentiel. Elle avait fouillé dans les registres. Elle n'avait rien trouvé de parti-

culier. Uniquement la mention du baptême de sa mère, avec le nom de sa grand-mère, celui de son parrain et un X pour le père. Le pasteur avait signé le registre. C'était six mois après son arrivée sur ce nouveau poste. Elle allait devoir l'interroger. Trouver le moyen de découvrir ce qu'il avait comme infos sur cette histoire de viol de sa grand-mère. Avait-il participé à son internement chez les fous ? Au placement de sa mère chez le porc ? Avait-il un lien avec ce grand-père sorti du panier du loup ? Elle sentait bien qu'il en savait plus que ce qu'il laissait paraître. Qu'il gardait le silence exprès et jouissait de ce pouvoir.

Elle continua à taper le procès-verbal du dernier conseil de paroisse. Il allait revenir au bureau, juste après sa visite à un paroissien hospitalisé pour un cancer en stade terminal. Elle avait commencé le remplacement au secrétariat une semaine auparavant. Ce n'était pas très compliqué. Il n'y avait pas de comptabilité. Elle devait répondre au téléphone, taper des comptes rendus, renseigner les personnes de passage, faire des contrats de location pour le temple, mettre à jour les fichiers. Elle avait aussi de l'archivage à réaliser et du tri à faire en amont dans les papiers laissés par les pasteurs précédents. Le local qui servait à les stocker se trouvait à l'étage, juste avant le grenier de la maison de paroisse. Elle n'aimait pas y aller. C'était sombre, cela sentait le rat mort. Elle ne pouvait s'empêcher d'imaginer des araignées noires, velues, tapies dans leur coin, prêtes à se faufiler contre sa peau pour y instiller leur détestable venin. C'était poisseux et cela la terrifiait. Elle ne savait pas si des informations concernant sa famille y étaient cachées. Elle irait, oui, juste après le retour du pasteur. Autant affronter tout d'un coup. Elle mit de l'eau à chauffer. Elle allait lui préparer son thé préféré, juste comme il aimait. Un Earl Grey *avec un sucre. C'était un homme qui avait toujours eu l'habitude de recevoir des attentions de toutes parts. Soi-disant au service des autres et pourtant, servi par sa femme, sa secrétaire, ses paroissiens. Il était rigoriste, connu pour son intransigeance, son refus de toute forme de progressisme. Il commandait, on lui obéissait. Personne ne remettait en cause ce qu'il disait en entretien comme du haut de la chaire. Il avait du charisme. Un ego démesuré. C'était un homme dur, faussement bienveillant. Persuadé de détenir la vérité. Elle le détestait. Si seulement elle pouvait le massacrer, là, maintenant. Lui faire mal. Le feu la parcourait de nouveau. Elle se leva d'un bond et mit l'eau à bouillir.*

Il arriva exactement selon ses prévisions. Au moment où le thé finissait d'infuser parfaitement dans la théière en porcelaine. Elle l'avait préalablement réchauffée à l'eau chaude, comme il le lui avait expliqué. Son regard se posa brièvement sur elle.

– Une tasse de thé? lui demanda-t-elle poliment. Je viens de le préparer pour vous. Votre visite n'a pas dû être facile.

– Volontiers, répondit-il en s'asseyant lourdement sur la chaise de son bureau. Dieu va bientôt rappeler Paul à lui. Il est prêt.

– Sa fille est âgée de 5 ans, non? Ça va être un peu dur pour elle?

– C'est le choix de Dieu.

– Sa mère va devoir s'en occuper toute seule. Elle a un travail?

– Tu es bien curieuse jeune fille… Non, elle n'a pas de travail et c'est très bien comme ça. Par sa famille, elle a une fortune personnelle lui permettant de subvenir à leurs besoins. Et ses parents sont encore vivants pour l'accompagner. La petite sera bien entourée.

Elle hocha la tête tout en se mordant la langue pour garder le silence. Elle versa le thé dans la tasse, calculant la langueur inscrite dans ses gestes. Elle frôla légèrement son bras en déposant la tasse près de lui. Elle releva ses cheveux pour qu'il remarque sa nuque et prit une expression la plus mélancolique possible. Elle avait vu cette manière de faire dans un film à la télévision.

Il avala une gorgée du précieux breuvage en posant son regard bleu acier sur elle.

– Pourquoi es-tu triste ? lui demanda-t-il avec rudesse.

Elle leva sur lui ses yeux remplis de larmes. Elle le tenait.

– Je pensais à maman. Ce qu'elle m'avait dit une fois sur ma grand-mère.

Le vieux pasteur se tendit immédiatement.

– Quoi donc ?

Son ton avait changé. Aucune compassion dedans.

– Qu'elle n'avait pas pu rester avec elle, ni la connaître vraiment. Qu'elle avait été mise dans une maison pour les fous avant même sa naissance. Et le pire… qu'elle ne connaissait pas son père. J'ai honte pasteur. Honte d'être la petite-fille d'une dépravée, d'une folle. C'est vrai tout ça ? Vous l'avez connu ma grand-mère ?

– Ta grand-mère, je l'ai à peine connue. Je venais d'arriver dans la paroisse comme pasteur stagiaire,

répondit-il froidement. Cela remonte à loin. J'ai officié pour le baptême de ta mère avant son départ pour l'orphelinat. Sa mère, ta grand-mère, était déjà internée.

– Qu'est-ce qu'elle avait ?

– Tu n'as pas besoin de savoir, siffla-t-il entre ses dents. Elle était malade, c'est tout.

Elle savait qu'il ne lui dirait rien de plus. Elle tenta une autre approche. Elle éclata en sanglots.

– Ma mère est folle, bredouilla-t-elle entre deux hoquets. Et la tante Ruth a dit qu'elle avait le diable en elle comme ma grand-mère.

– Arrête tes jérémiades.

Il montrait des signes d'impatience.

– Je ne veux pas avoir le diable en moi, murmura-t-elle en levant ses grands yeux bleus remplis d'innocence vers lui. Je ne veux pas être une folle comme ma grand-mère et ma mère.

Elle mit sa main sur son bras.

– Aidez-moi pasteur ! Comment savoir si je n'ai pas le diable moi aussi, là, quelque part ?

– Tu ne l'as pas. Ta tante Ruth s'est trompée.

Il adoucit légèrement son ton, tout en prenant sa main dans la sienne.

– Approche-toi.

Elle fit le tour du bureau.

– Mets-toi à genoux. Pose ta tête sur mes jambes. Je vais te bénir.

Elle s'exécuta. Elle avait déjà repéré qu'il avait touché son entrejambe avant, légèrement. Un porc, bien entendu, comme les autres.

– Tante Ruth, elle a dit aussi que le diable, c'était à cause du mensonge de ma grand-mère, chuchota-t-elle bien distinctement.

Le visage du pasteur devint blanc et se durcit en une fraction de seconde.

– Quel mensonge ?

– Je ne sais pas trop, répondit-elle prudemment.

Il lui prit son visage entre ses deux mains, dans un étau parfait, presque douloureux. Son regard la transperçait. S'il croyait l'impressionner... Elle en avait vu d'autres. À ce petit jeu, elle se savait forte.

– J'ai honte pasteur.

– Parle, lui intimida-t-il en resserrant son étreinte.

– Une histoire de viol, lâcha-t-elle en le scrutant droit dans les yeux, au plus profond de son âme.

Un éclair, dans son regard, pendant une fraction de seconde. Il était au courant.

– Ta tante s'est trompée. Ta grand-mère était folle c'est tout, les propos qu'elle tenait n'étaient pas cohérents.

Il relâcha légèrement son étreinte.

– Mais qui était le père de ma mère alors ? Qui était mon grand-père ? implora-t-elle.

Un bref silence. Quelques secondes de trop. Il savait. Oui, elle en était convaincue. Et sa grand-mère avait bien été violée puis internée, avant même d'avoir accouché. L'internement avait dû être réalisé de force, comme pour tant d'autres filles-mères à cette époque. Il avait bon dos le diable. Quant à cette saloperie de pasteur, il avait probablement été complice de cette sordide affaire. Pourquoi avait-il étouffé l'histoire ? Peur du scandale ? Pour de l'argent reçu en contrepartie de son aide ? Elle connaissait bien les rumeurs sur les dons qu'il recevait et qui n'arrivaient pas toujours dans la caisse de la paroisse. Elle trouverait, elle trouverait la raison.

– Je ne sais pas qui est ton grand-père. Personne ne sait. C'est comme ça, lui répondit-il avec une soudaine lassitude.

Elle ne le croyait pas. Elle s'en moquait. Elle n'avait plus besoin de lui. L'autre vieille tarée de Ruth lui avait dit le nom de son grand-père avant de tomber dans les escaliers.

Elle se releva et s'enfuit, toujours en sanglots. Elle n'en avait plus rien à foutre qu'il ait cru ou pas à sa petite mise en scène de jouvencelle désespérée. De toute façon, il allait bientôt crever. Et elle ne pleurerait pas sur sa tombe.

CHAPITRE 28

Quand Nathan arriva à son bureau, Ajda avait commencé l'interrogatoire de Damien trois salles plus loin. Il avait été amené deux heures auparavant par Jacques qui l'avait interpellé sans encombre au garage, une fois le top reçu. Jacques faisait maintenant une petite sieste dans le lit de camp aménagé à côté de la photocopieuse dans le cagibi situé au fond du couloir. Nathan était chargé d'antidouleurs mais son esprit tournait à plein régime. Il avait encore l'adrénaline de la tuerie de ce matin dans le sang. Une heure avant, il était en train de recoudre sa plaie à son appartement, en usant d'une bonne rasade de vodka et pas seulement sur les points en guide de désinfectant. Il avait ensuite suivi l'arrestation du trio des dealers depuis les écrans du bureau des stups, à côté du jeune geek accro au Coca zéro.

Ajda était dans l'équipe qui avait pris en charge l'arrestation de Gaspard. Il avait pu admirer son professionnalisme dans la manière de gérer la violence ambiante. Elle était retournée au bureau de la police de la sûreté juste après, sans passer par les stups, toute à son envie d'interroger Damien. Nathan était resté un long moment aux stups. Cela lui avait permis de bénéficier de précieuses informations. Dans le coffre de la voiture récupérée par Gaspard, les policiers avaient trouvé trois kilos de cannabis. À Lausanne et à Gland, d'autres petits dealers avaient été arrêtés avec le même chargement. Désormais, la pieuvre avait quelques tentacules en moins.

Dans la cité, les armes lourdes s'étaient tues. Les arrestations pleuvaient. Quelques morts étaient à déplorer côté trafiquants. La filière marocaine allait être stoppée pendant un moment. Juste avant de franchir la porte du service, Nathan avait reçu un message d'Alain. D'après les dernières informations reçues, le meurtre d'Aurélie semblait n'avoir aucun lien avec une guerre de territoires, une vengeance entre trafiquants ou un quelconque dommage collatéral d'une livraison loupée. Nathan n'était pas vraiment déçu. Cela confirmait son intime conviction. Il était déjà certain que ce qui ressortirait des interrogatoires du trio, des autres dealers ou même de Damien irait dans le même sens. Il allait quand même laisser Ajda faire son job. Elle excellait dans les auditions. Peut-être qu'un nouvel élément pouvait surgir pour les orienter. Car là, il fallait bien se l'avouer. Avec la piste des trafiquants qui se refermait, ils étaient bien paumés. L'assassin d'Aurélie continuait tranquillement son existence, sans aucun souci. Nathan regarda quelques instants par la fenêtre. Le temps changeait. Les nuages s'accrochaient lourdement sur la crête sombre du Jura. Il s'octroya un long soupir.

Après trois tasses de café, il alluma son ordinateur pour commencer son rapport sur les activités du lundi.

Jacques ferait de même après sa sieste et Ajda après l'interrogatoire de Damien. À peine avait-il tapé quelques lignes que son téléphone sonna. Le numéro affiché n'était pas connu. Il le prit quand même, malgré l'agacement suscité.

– Redlink j'écoute.

– Bonjour inspecteur, je suis désolée de vous déranger, c'est la pasteure Viviane Zurcher.

Nathan était agréablement surpris de l'entendre.

– Bonjour, que puis-je pour vous ? demanda-t-il avec une pointe de douceur dans la voix.

– Vous m'avez dit que vous seriez présent demain pour le service funèbre d'Aurélie. Est-ce que vous mettez en place un dispositif particulier ? Si c'est le cas, cela peut-il rester discret ?

– Oui, nous serons plusieurs en civil. Nous ferons en sorte de ne pas nous faire remarquer.

– Merci de votre franchise. La célébration va se dérouler au temple d'Aubonne qui peut recevoir un plus grand nombre de personnes. J'ai aussi besoin de vous dire que la colère est présente chez de nombreux paroissiens et habitants de nos villages.

– Nous serons plusieurs, ne vous inquiétez pas. Et nous assurerons la sécurité si jamais.

Il sentit que ses propos ne la rassuraient pas. Elle était toujours sous tension. Il y avait autre chose encore.

– Je ne me fais pas de souci pour ma sécurité ni celle des personnes présentes à l'assemblée. C'est plutôt pour vous, contre la police que la colère se dirige… Je ne veux pas interférer. Mais dans le cadre du secret professionnel, pouvez-vous s'il vous plaît me confirmer que Damien a été arrêté et qu'il sera absent demain? Sa mère m'a téléphoné paniquée. Elle ne comprend pas ce qui se passe. Elle sera présente à l'enterrement, enchaîna-t-elle soucieuse.

C'était donc ça. Le bouche à oreille avait fonctionné à plein régime dans les villages. Le gamin, même innocent du meurtre, était devenu en quelques heures la personne à abattre dans la région. Après sa garde à vue, il irait de toute façon directement en placement fermé à Champs-Dollon, en attendant son procès pour trafic de stupéfiants. Il n'allait pas sortir avant un bon moment.

– Je vous confirme qu'il ne sera pas présent, répondit-il le plus sobrement possible.

Viviane restait silencieuse à l'autre bout du fil. Nathan attendit, suspendu à sa respiration. Elle encaissait le choc de la nouvelle.

– Je ne peux pas empêcher sa mère de venir à la cérémonie. Est-il mis en accusation pour Aurélie? ajouta-t-elle avec peine.

– Non, c'est dans le cadre d'une autre affaire. Je ne peux pas vous en dire plus.

Elle laissa échapper un soupir de soulagement.

– Merci pour votre réponse. Cela va me permettre d'orienter un peu différemment l'accueil des personnes demain et la prise en charge de ce service funèbre. Vous allez avertir la famille d'Aurélie de ce que vous venez de me dire je pense… avant demain après-midi? La cérémonie est à 14h.

– Oui, ne vous en faites pas. Et la mère de Damien aussi, dit-il rassurant.

– Nous avons convenu de nous voir après la célébration. Mais je serai prise pendant plusieurs heures. Il y a un verre de l'amitié prévu à l'auberge communale.

– Je viendrai y faire un saut. Dans le cadre de l'enquête. Nous pourrons nous entretenir après.

Viviane marqua un arrêt.

– Mais c'est terrible ce que vous dites !

Il percevait de la colère dans son ton.

– Vous êtes en train d'insinuer que le tueur pourrait être présent demain dans l'assemblée ou au rassemblement qui suit ? Que vous allez essayer de glaner des informations ? Par votre présence à la verrée ou celle des autres policiers, tout le monde va comprendre vos soupçons. Vous vous rendez compte des tensions que cela va créer ? La famille d'Aurélie ne peut pas avoir un peu la paix demain, juste demain ? En plus, avec tout ce qui se dit au niveau des médias depuis quelques heures sur cette opération des polices dans notre canton, pour une sombre histoire de drogue, l'ambiance va être électrique ! Plusieurs familles connues sont touchées.

Un sanglot entrecoupa sa voix. Nathan sentit son cœur battre un peu plus vite. Il prit une profonde respiration.

– Vous êtes bouleversée, c'est normal. Vous étiez proche d'Aurélie. Vous êtes proche de sa famille. Mais je n'ai pas le choix. Mon équipe et moi devons être là demain. Il est en effet possible que le tueur soit présent et j'en suis désolé. J'ai bien conscience des conséquences. Je ne les sous-estime pas. L'absence de Damien, tout ce qui tourne en ce moment sur les réseaux mettent les nerfs à vif. Il va falloir faire avec. Et j'ai besoin de votre coopération. Jacques mon coéquipier viendra au temple demain à 9 heures. Il faudrait que vous soyez là, en toute confidentialité. Et que vous lui ouvriez.

– La présence du concierge ne suffit pas ? demanda-t-elle surprise.

– Non, vous êtes notre référente.

– J'y serai.

– J'ai aussi besoin de m'entretenir rapidement avec vous au sujet d'Aurélie. Nous nous verrons à votre convenance après la verrée. En début de soirée, si c'est mieux pour vous.

– Puisque c'est important... à 19 heures ?

– Parfait.

– À demain Viviane.

– À demain inspecteur.

Nathan enregistra son numéro dans ses contacts juste après avoir raccroché. Cette femme le surprenait. À la fois franche, professionnelle et très sensible. Étonnante...

Il n'eut pas le temps de plonger plus loin dans ses pensées. Ajda entra dans son bureau. Il avait laissé la porte entrouverte. Elle s'installa dans la chaise en face de lui, féline. L'interrogatoire avait duré plus d'une heure. Damien devait être épuisé, après être passé par l'essoreuse Ajda.

– Il n'y est pour rien dans le meurtre d'Aurélie, affirma-t-elle. Son alibi tient. Ce jeune n'est pas très pertinent mais pas méchant. Il est dévasté par la mort de sa petite amie. Et il est même soulagé d'être arrêté pour son implication dans le trafic de drogue. Il est au bord de la dépression.

– Il savait qu'elle était enceinte ?

– Non. Je suis sûre qu'il ne ment pas. Il va devoir vivre avec ça aussi.

– Un élément nouveau ?

Un éclair fugace passa dans le regard d'Ajda.

– Il a un peu de ressentiment contre la pasteure avec qui Aurélie est partie cet été en Polynésie. À son retour, il a trouvé Aurélie changée, plus distante vis-à-vis de lui. Il pense que c'est la faute de la pasteure. Qu'elle l'aurait montée contre lui.

– Tu en penses quoi ?

– Que ce voyage a été important dans le développement personnel d'Aurélie. Que cela lui a permis de commencer à réajuster certaines choses dans sa vie. Et que Damien n'allait plus en faire partie peu de temps après. J'aimerais demander à Pauline de m'expliquer ce qu'elles ont vécu pendant ce camp. Ce qui a permis cette transformation d'Aurélie. En quoi, selon elle, elle a vraiment évolué ?

– Tu veux faire ça quand ?

– Je pensais demain après l'enterrement.

Nathan hocha la tête en signe d'approbation.

– Il faudrait aussi que j'interroge la pasteure.

– Je m'en charge, ajouta-t-il un peu trop rapidement. J'ai rendez-vous avec elle demain à 19 heures.

– J'ai besoin de la voir aussi. Une hypothèse à vérifier. Je m'en occupe mercredi. On recoupera nos infos. Je me charge du transfert de Damien, je fais mon rapport et après on a le brief pour la surveillance de demain pour l'enterrement ?

– Parfait Ajda. Je réveille Jacques. Rendez-vous dans deux heures.

Ajda se leva énergiquement. Malgré les heures enchaînées, les nuits blanches, elle se sentait en forme. Son regard s'attarda quelques instants sur son chef. Il semblait ailleurs. Préoccupé. Et très fatigué. Il avait mal physiquement, elle en était sûre. Il ne lui avait rien dit sur le début de sa journée. Elle n'allait rien lui demander. Les priorités étaient ailleurs.

CHAPITRE 29

Une fine couche de neige recouvrait le paysage. Cela donnait un air ouaté à l'atmosphère. Le ciel était à peine nuageux. Le temple d'Aubonne semblait comme engourdi malgré le va-et-vient des personnes. L'équipe renforcée de Nathan était à son poste. Les mini-caméras raccordées à un enregistreur de vidéo surveillance avaient été placées ce matin par l'équipe technique sous la houlette de Jacques. Chaque membre de l'assemblée, du personnel des pompes funèbres ou de la paroisse allait être capté. Les alentours également. L'analyse des images prendrait du temps. Il s'agissait de détecter un comportement, une attitude, un regard un peu différent. Quelque chose qui pouvait interpeller. Nathan pensait faire appel à un profileur du département des sciences forensiques pour les épauler dans cette recherche. L'École des sciences criminelles de Lausanne en formait de bons en partenariat avec *Quantico.*

Nathan était positionné sur le balcon. Il s'était présenté à l'organiste qui semblait bien affecté par cette situation. Il ne cessait de renifler et d'essuyer ses yeux. Il connaissait bien la famille Dutroit.

Le temple était bondé. La chapelle attenante était aussi remplie. Les portes coulissantes avaient été ouvertes pour permettre à un maximum de personnes de suivre l'office. Les membres de la famille d'Aurélie se serraient les uns contre les autres sur les premiers rangs. Leur soutien mutuel résonnait au-delà de leur cercle restreint. Le cercueil avait été déposé vers midi au centre du temple. Des gerbes, des couronnes, blanches, multicolores étaient mises, nombreuses, pressantes, compactes, dessus, autour, sur les quelques marches séparant le chœur de la nef. Comme pour essayer de conjurer un peu le sort. Mais cela ne changeait rien au tragique de la situation. La fanfare était aussi présente, sur la gauche, ainsi qu'une violoncelliste, amie de la famille. Le commandant Steintz était là, bien entendu. De nombreux regards convergeaient vers lui. Il bénéficiait d'une certaine autorité morale dans la région. On attendait de lui que l'affaire se clôture vite, très vite. Même si cela n'était pas de son ressort…

La pasteure, positionnée près de la famille, fit un petit signe à l'organiste. Les notes de l'Aria de la Suite en ré de Bach s'élevèrent majestueusement. De nombreuses personnes se mirent à pleurer, essayant d'étouffer un sanglot dans leur main ou une écharpe. Sur les joues de Lise Dutroit les larmes coulaient en continu, doucement, sans bruit. Son visage n'exprimait qu'une infinie tristesse. Le petit frère était entouré du bras de son père et tenait la main de son grand-père. Un portrait d'Aurélie, souriante, était posé sur la table de communion. Deux bougies étaient positionnées à côté. La pasteure se posta près d'elles pendant le dernier accord. Ses traits étaient tirés. Elle n'avait pas dû beaucoup dormir ces dernières nuits. Pourtant, une force intérieure, emplie de sérénité et de solennité, se dégageait d'elle.

– En ce temps douloureux de deuil et de séparation, c'est le Dieu de toute lumière qui nous accueille dans sa grâce, dans son amour infini. Il nous reçoit tels que nous sommes, dit-elle en allumant délicatement la première bougie. Nous voulons vivre cette cérémonie en communion de pensées avec ceux qui nous ont précédés, chers à notre cœur et disparus trop tôt. En particulier, Louis et Jean.

La deuxième bougie s'éclaira.

– Oui, à tous la grâce et la paix nous sont données de la part de notre Seigneur, Souffle de tout amour. Aurélie est décédée dans sa dix-septième année. Brutalement, terriblement, bien trop jeune. La colère, l'incompréhension, la plus profonde peine, toutes nos émotions ont leur place dans ce temple. Elles ne sont pas jugées, elles sont accueillies au pied de la croix. Face à ce tragique, il est difficile d'entendre une parole qui apaise, qui console. Mais nous sommes là, ensemble, pour nous souvenir de qui est Aurélie pour nous et pour soutenir par notre amitié et notre prière sa famille, en particulier ses parents, son frère, son grand-père, ses amies, ses camarades. Oui, malgré l'immense tristesse partagée cet après-midi, c'est l'amour qui est d'abord présent. Et « rien ne peut nous séparer de l'amour de Dieu », comme nous l'affirme l'apôtre Paul. Rien. Pas même la mort, aussi odieuse soit-elle. Nous prions.

Les personnes présentes baissèrent automatiquement la tête. Nathan trouvait que ces premières paroles faisaient sens. Elles étaient justes et sincères. Le monstrueux de la situation n'avait pas été passé sous silence.

Le reste de la célébration s'enchaîna avec fluidité. La marraine d'Aurélie lui rendit un hommage très émouvant, trois de ses camarades, dont Pauline, lurent un poème. Après la prédication, réalisée autour du personnage de Job incarnant la colère face au malheur, le prélude de la première suite de Bach, interprété uniquement au violoncelle, fut d'une beauté rare.

Pas un seul mot ne fut exprimé en lien avec l'enquête, le meurtrier ou les forces de police. L'ambiance restait assez sereine. Un travail de fond, en amont de la cérémonie, avait dû être réalisé par la pasteure, pour expliquer que l'enquête suivait son cours normalement.

La fanfare joua un dernier morceau pendant les honneurs, longs et éprouvants. La solidarité ressentie était sincère, l'amitié partagée authentique. Nul ne pouvait imaginer qu'un sordide assassin pouvait être présent.

Jacques et Ajda s'étaient mêlés à l'assemblée. Personne ne pouvait deviner qu'ils étaient des policiers aguerris. Quelques regards échangés entre eux, après la cérémonie, sur le parvis du temple, suffirent à exprimer que rien ne semblait anormal.

Nathan retourna aussitôt à l'intérieur et se posta contre le pilier gauche. La pasteure et la famille proche prenaient un dernier temps avant que le cercueil ne soit amené dans le corbillard. Il arrivait à entendre ce qu'elle disait.

– Comme l'amour vécu et partagé avec Aurélie, la lumière ne disparaît pas.

Sylvain, Lise et leur fils prirent les deux bougies que leur tendait Viviane au creux de leurs mains. Roland se tenait près d'eux.

– Soufflez doucement dessus. Voilà, regardez la volute de fumée. La lumière s'est transformée. Désormais, elle vit en nous et autour de nous.

Ils se serrèrent dans les bras les uns des autres. Nathan était ému. Il y avait quelque chose de vraiment bienveillant dans ce qui venait de se vivre. Cela faisait quelque part obstacle au mal radical. Les pompes funèbres s'approchèrent ensuite, enlevant gerbes, couronnes, fleurs en bouquets puis le cercueil. L'orgue jouait tout doucement pour cet ultime adieu. La pasteure et la famille sortirent en suivant le cercueil. Quelques personnes entrèrent alors, ressentant le besoin de se recueillir encore un peu, s'attardant près de la photo d'Aurélie. Une dame assez maigre, d'une soixantaine d'années, continuait à ramasser les livrets de la cérémonie et à ranger les recueils de chants. Ses gestes étaient assez mécaniques. Rien de suspect. Pourtant l'instinct de Nathan était en éveil.

Ajda apparut sur sa droite. Elle avait la même intuition. Elle ressentait la même chose. C'était imperceptible. Une sensation de malaise. Était-ce les restes de la charge émotionnelle vécue pendant le service funèbre ? Ils attendirent quelques minutes jusqu'à se retrouver seuls dans le temple. Ils prirent le temps d'en faire le tour. RAS.

Juste après, ils rejoignirent Jacques à l'auberge communale, située sur une esplanade à quelques minutes du temple. Elle avait une vue à couper le souffle sur le Léman et le Mont Blanc. Le soleil avait percé, rendant la beauté du paysage presque insoutenable face à la douleur familiale. La foule se pressait près du buffet, se réconfortant d'un verre de vin ou d'un petit four. Les conversations se faisaient discrètes. On entendait quand même quelques propos sur le temps, l'état des vignes, la présence de la police dans les villages hier.

Soudain une voix surgit, forte, brisée.

– Je tuerai celui qui a fait ça, je le tuerai.

Sylvain Dutroit craquait, s'effondrant dans les bras de sa femme. L'atmosphère se glaça en quelques instants. Les personnes commencèrent à prendre congé. Un cercle de protection se créa autour des parents. La famille proche et les amis de toujours les soutenaient.

Pauline, en voyant Jacques et Nathan venir vers elle, demanda à son père de partir. Ajda les suivit. Nathan et Jacques changèrent d'optique et en profitèrent pour rejoindre le camion technique. Ils allaient visionner les vidéos. Nathan avait plusieurs heures devant lui, avant le rendez-vous avec la pasteure. Une bourrasque d'air froid les enveloppa à la sortie de l'auberge. *Quelle journée de merde*, pensa Nathan.

CHAPITRE 30

Les images n'avaient pas parlé. Nathan, en route pour la maison de paroisse de Gimel, en profita pour passer un appel à Thierry, son contact au département des sciences forensiques.

Il décrocha à la première sonnerie.

– Thierry Grossman, j'écoute.

– Nathan Redlink. Comment vas-tu ?

– Bien, merci. Tu as besoin de moi ?

– Oui. Jacques va te transférer des vidéos.

– Ça concerne du pédocriminel ?

– Non, je suis sur une autre affaire. Le meurtre d'une jeune fille de 17 ans dans le canton de Vaud. C'était son enterrement cet après-midi. L'intérieur et les extérieurs du temple d'Aubonne ont été enregistrés. Une heure avant et une heure après la cérémonie. Et celle-ci entièrement bien entendu. Beaucoup de monde était présent.

– Je cherche quoi, qui ?

Nathan marqua un temps. Il devait clarifier sa demande. Quelque chose voulait émerger dans sa conscience. Il n'arrivait pas encore à le verbaliser.

– Un comportement suspect. Le meurtrier peut être présent.

– Je me dirige plutôt vers quel type de personne ? Un membre de la famille ? Un camarade de classe ? Un inconnu ? Tranche d'âge ?

Plus de 80% des homicides volontaires étaient intrafamiliaux. Thierry posait les bonnes questions, comme à son habitude.

– Tout est ouvert. Nous avons visionné les captations avec Jacques. Nous n'avons rien remarqué.

– Envoie-moi le dossier que je puisse commencer un profil. Essaye d'affiner la recherche, ajouta Thierry légèrement circonspect. Je m'y mets demain matin.

– Merci Thierry.

Nathan s'arrêta sur le bas-côté. Il était de retour sur le lieu du crime. Il avait besoin de se reconnecter à la réalité brute du terrain. La piste du trafic de drogue leur avait fait perdre un temps précieux. Il sortit de la voiture. La nuit était tombée depuis un bon moment. Des fleurs fraîches et quelques nouveaux objets avaient été déposés près d'un mémorial improvisé. Un collier de coquillages était accroché à la branche d'un arbre. Une référence au voyage d'Aurélie en Polynésie. Il avait un vague souvenir qu'il était offert lors du départ des îles, pour rappeler au voyageur qu'il serait toujours le bienvenu. Nathan prit une profonde respiration. La fatigue s'insinuait dans tout son corps. Le silence était lourd, pesant. Il ferma les yeux, le froid le tenaillait à nouveau. Une douleur tenace lui martelait l'arrière du crâne.

Qui es-tu ? murmura-t-il. Une image floue se dessinait. Il n'arrivait pas encore à la saisir. Mais elle était bien là. Un frisson le parcourut. Il avait besoin de chaleur. Il remonta dans sa voiture et partit un peu plus rapidement que prévu. Une boisson chaude devait l'attendre chez la pasteure. Cette perspective lui arracha un sourire fugace.

Le bureau de la pasteure se situait dans la maison de paroisse, sur le même palier que son logement. Elle était mitoyenne avec le temple de Gimel. Nathan sonna et la porte d'en face s'ouvrit. Elle l'invita à son domicile privé. Elle le fit passer dans un salon décoré dans les tons crème avec des touches de couleurs chatoyantes, grâce à un subtil arrangement de coussins et de bibelots hétéroclites. Quelques objets étaient mis en valeur sur le rebord d'une grande cheminée. Une icône, un livre de méditation, une bougie. C'était très féminin et cosy. Des photos de jeunes enfants trônaient sur une petite table. La flambée apportait chaleur et réconfort. Nathan se sentit tout de suite bien. Cela faisait longtemps.

– Thé ou vin blanc ? Les deux sont prêts, lui proposa-t-elle avec une grande simplicité. Pour ma part, ce sera du vin. J'ai besoin d'un verre.

Sa voix était lasse. La fatigue des derniers jours prenait le dessus. Il était nécessaire qu'elle décompresse. Nathan s'attarda sur sa silhouette. Elle portait un jean qui mettait en valeur ses jambes fines et musclées, ainsi qu'un ravissant pull en angora rose pâle. Il apportait un doux éclat à son teint. Sa présence le troubla à nouveau. Il n'arrivait pas à discerner s'il aimait bien ça.

– Je vous accompagne, répondit-il doucement.

Elle le fixa intensément pendant quelques secondes avant de faire un petit signe de tête. Elle revint avec deux grands verres bien remplis.

– Tout s'est passé comme vous le souhaitiez cet après-midi ? lui demanda-t-elle en se pelotonnant dans un fauteuil.

– Oui, et pour vous ?

– Je suis soulagée qu'il n'y ait pas eu d'esclandre au temple. Sylvain a eu besoin d'exprimer sa colère à l'Auberge. Mais ça a été vite géré par l'entourage. J'ai beaucoup de peine pour la famille d'Aurélie. Tant que cette enquête ne sera pas résolue… Cela rajoute à la douleur de la perte. C'est insoutenable.

Nathan restait silencieux. Elle avait besoin de parler. De partager son ressenti. Elle avala une gorgée les yeux dans le vague.

– Je ne dis pas ça pour vous mettre la pression… En quoi puis-je vous aider ? ajouta-t-elle dans un soupir.

– Pendant votre camp de jeunes en Polynésie, Aurélie s'est confiée à vous. Elle se posait des questions sur sa relation avec son petit ami. Elle sortait d'une période d'adolescence assez difficile. Qui a commencé par l'histoire des chatons. Vous pouvez m'en dire un peu plus sur son malaise intérieur ?

Viviane ferma les yeux quelques instants. Elle plongeait dans sa mémoire. Nathan en profita pour se délecter des traits de son visage, s'attardant sur la rondeur de ses lèvres. Elle lui plaisait vraiment. Son désir montait. Ce n'était ni le moment, ni le lieu. *Calme-toi Redlink*, se sermonna-t-il sans succès.

– En Polynésie, nous avons vécu des moments intenses, en partageant le quotidien de jeunes de l'Église Protestante Maohi. Leur culture, leur foi sont passionnantes, puissantes. Ils puisent à leurs traditions animistes, tout en les reliant au christianisme.

Elle avala une autre gorgée de vin. L'alcool faisait son effet. Ses épaules se détendaient.

– Un souvenir précis me revient. Nous visitions le marae de Taputapuaeta sur l'île de Raiatea.

Nathan leva un sourcil interrogateur.

– Un marae est un lieu où se déroulaient les anciens cultes polynésiens. Avec un collègue sur place, nous avions prévu un temps spirituel, pour nous relier à la mémoire vive de nos ancêtres. C'était un des thèmes de ce camp. Réfléchir sur nos origines, notre histoire personnelle. Et comment les mettre en lien avec notre foi commune, avec notre volonté d'impacter positivement l'avenir.

Nathan adorait sa voix. *Continue Viviane, continue...* voulait-il lui murmurer à l'oreille.

– Aurélie a eu besoin de prendre un temps pour elle, sur le marae des femmes. Il est un peu à part. En face de l'océan. Je l'ai rejointe. Elle pleurait.

Nathan arrêta net sa rêverie érotique.

– Elle a expliqué qu'elle se sentait coupable pour la mort des chatons. Qu'elle aurait dû vérifier que la porte de derrière était bien fermée. Qu'elle était sûre que ce n'était pas un animal qui avait fait ça. Elle était convaincue que sa famille était maudite. Elle avait entendu son grand-père le dire. À cause des décès accidentels qui se sont déroulés à chaque génération avant elle, depuis son arrière-grand-père. Elle a ajouté qu'elle avait parfois des angoisses la nuit à cause de ça. J'ai essayé de la rassurer, de la consoler. Nous avons fait un petit rite.

– C'est-à-dire ? demanda Nathan tous les sens en éveil.

– Nous avons déposé sur le marae une pierre pour chaque personne décédée dans sa famille ainsi qu'une fleur de tiaré à cinq pétales, la spécificité de cette île. En rendant ainsi hommage aux défunts, nous signifions qu'aucune force invisible néfaste n'existait. Je connais ce que Roland pense de ces décès successifs. Il a besoin de justifier cette série d'accidents, plus terribles les uns que les autres. Alors, il a inventé cette histoire de malédiction. N'importe quoi !

– Vous n'y croyez pas ?

– Pour nous, les protestants réformés, ça n'a pas de sens. Dieu ne veut pas et n'engendre pas le malheur. Il pardonne, il soutient. Il aime sans condition. Parfois, quand ça fait trop mal, c'est plus facile de croire qu'une puissance divine est la cause de nos souffrances. C'est assez fréquent, non ?

– Vous ne croyez pas dans le jugement de Dieu ? Sa punition envers ceux qui désobéissent à sa loi ? interrogea-t-il intrigué

– Non, je ne crois pas en un Dieu qui punit, affirma-t-elle. Dans la Bible, il est écrit « Dieu est amour ». Jésus est toujours allé à la rencontre des exclus, des malades, des faibles, des gens « pas comme il faut ». Il en a pris soin. Alors oui, l'idée que les « méchants » sont punis et les « gentils » sont récompensés, ça existe dans la Bible. Plus particulièrement dans un courant de l'Ancien Testament. On l'appelle dans notre jargon le courant deutéronomiste. Mais ce n'est qu'un courant parmi d'autres. Les églises au fil des siècles l'ont souvent mis en avant pour asseoir leur pouvoir. C'est malheureux mais tellement humain. J'essaye avec d'autres de déconstruire cette pensée d'un Dieu sadique ou patriarcal, avec une grande barbe blanche sur un nuage. Mais ce n'est pas gagné ! D'ailleurs cet après-midi, vous ne m'avez pas entendu dire des phrases du style « Dieu a rappelé Aurélie à lui ». C'est horrible ! Comment peut-on croire que Dieu souhaite le meurtre d'Aurélie ou la mort d'un enfant pour qu'elle ou qu'il soit « près de lui » ! Pardon, je parle trop, je me suis laissé emporter.

– J'apprécie, répondit Nathan, intéressé par cette vision moderne de la religion.

Un silence s'installa entre eux, chacun pris dans ses propres réflexions.

– Pourquoi parlez-vous de « courant » dans la Bible ?

– Comme dit mon professeur d'Ancien Testament, Thomas Römer, « la Bible n'est pas tombée du ciel », répondit-elle avec un léger rire. Elle a été écrite sur des siècles, pour répondre au besoin de création identitaire d'un peuple, le peuple juif, puis pour les chrétiens avec le Nouveau Testament. Les livres qui composent la Bible ont été rédigés par des hommes, des groupes de scribes, de prêtres, de disciples et retravaillés, réécrits, selon des contextes historiques, économiques, sociaux précis. On n'écrit pas au 7e siècle avant Jésus-Christ à la cour du roi Josias à Jérusalem qui fait une réforme de centralisation du pouvoir, comme on écrit à Babylone dans un contexte d'exil au 5e siècle avant notre ère, ni comme à la fin du 1er siècle après Jésus-Christ, dans la communauté d'Antioche qui met en forme sur vingt ans environ l'évangile selon Mathieu. Les livres qui composent la Bible ne sont pas la « Parole de Dieu ». Leur écriture peut être inspirée. Mais ils cherchent d'abord à répondre aux questions existentielles des contemporains de chaque époque. Nous sommes bien plutôt encouragés à y découvrir un sens symbolique. Et à en discuter tous ensemble. C'est ma conviction, partagée avec d'autres, en tout cas. C'est une manière pour nous de lutter contre certaines formes d'obscurantisme ou de fondamentalisme.

Nathan était agréablement surpris. Il aurait encore aimé l'entendre sur ce sujet qu'elle savait rendre passionnant. Il revint à l'essentiel.

– Et la symbolique de la pierre, c'est quoi alors ? Pourquoi ce choix pour le rite avec Aurélie ? demanda-t-il en essayant de garder un ton le plus neutre possible.

– J'utilise souvent la pierre dans mes célébrations pour le temps de la *repentance-pardon*. Dans un but pédagogique. Les pierres sont lourdes, dures, froides. Je m'en sers pour rendre visible ce qui nous pèse, ce qui est difficile dans nos vies. Elles représentent tous nos fardeaux, comme notre colère, nos peurs, notre culpabilité, nos tristesses. Elles expriment tout ce qui nous empêche d'avancer dans notre vie avec légèreté. Ces pierres, que nous déposons, rappellent que le Christ accueille tout ce qui nous fait mal, tous nos manquements. Il les porte avec nous, dans le sens spirituel du terme. Il les éclaire grâce à sa lumière d'amour et de pardon. Ce que je symbolise avec des bougies que j'allume près de ces pierres. Aurélie connaissait le sens de ce rite. À Raiatéa, je me souviens... Elle a choisi deux grandes pierres plates. Elles représentaient sa peur et sa culpabilité. Sa peur de mourir, ainsi que sa peur de prendre la décision de rompre avec son petit ami. Et elle se sentait toujours coupable pour les chatons. Les fleurs de tiaré voulaient signifier l'espérance. C'est douloureux…

La tristesse s'installa dans la voix de Viviane. Les larmes montèrent dans ses yeux. Nathan n'avait qu'une seule envie. La prendre dans ses bras. Il se fit violence.

– Dans la Bible, la pierre a un sens particulier ?

– Plusieurs. Moïse, alors qu'il est en exil dans le désert avec le peuple hébreu, fait jaillir de l'eau en touchant un rocher ou plutôt une grande pierre avec son bâton. Il y a aussi l'histoire des dix commandements. Ils ont été « gravés » sur des tablettes en pierre. Dans le Nouveau Testament, au matin de la résurrection de Jésus, des femmes trouvent la pierre du tombeau roulée. C'est une manière de dire qu'avec le Christ les obstacles sont levés. La pierre peut aussi représenter la sécurité, la confiance. Dieu est décrit dans certains psaumes comme un roc.

Viviane se leva pour remettre une bûche. Elle se tourna vers Nathan, dos à la cheminée.

– Il y a presque quinze jours, dimanche soir, pour les feux de l'Avent…

– Les feux de l'Avent ? C'est quoi ?

– Oh… les feux de l'Avent, c'est une tradition dans notre canton depuis 1963. Le premier dimanche de l'Avent, c'est-à-dire le premier des quatre dimanches avant le 25 décembre, nous réalisons de nombreux cultes « raccourcis » en plein air, sur les crêtes du Jura. Autour d'un grand feu que nous allumons à 18 heures. Pendant cette célébration, nous essayons d'exprimer qu'au moment de l'année où les nuits sont les plus longues, la venue de Jésus à Noël représente une source de lumière. Une source de joie. Puisqu'il est « la Lumière du monde »... Bref, pour ce culte des feux de l'Avent, j'ai prêché, sur un texte qui dit : « Je vous donnerai un cœur nouveau et je mettrai en vous un esprit nouveau. J'ôterai de votre chair le cœur de pierre et je vous donnerai un cœur de chair. » Encore une autre histoire de pierre... Pour montrer que l'on peut vivre une transformation intérieure positive, en se reliant à Dieu. La période des fêtes de Noël est plutôt propice pour ça, non ?

Le sang de Nathan se glaça dans ses veines, malgré l'agréable chaleur diffusée par la flambée de la cheminée. Aurélie avait été assassinée moins d'une semaine après. Le meurtrier avait fait l'inverse. La pierre avait remplacé le cœur de chair.

– Où se trouve la référence de ce texte ?

– Dans le livre d'Ezéchiel, au chapitre 36, les versets 26 et 27. C'est dans l'Ancien Testament.

Elle le regarda, surprise.

– Ça vous intéresse ?

Il avait besoin de plus. Nathan passa en mode interrogatoire.

– Qui vient assister à votre célébration des feux de l'Avent ?

– Ça touche un public assez large. La publicité est bien diffusée dans les communes. Nous sommes environ une centaine. On y retrouve pas mal de membres de la paroisse, des familles, des jeunes. Ils aiment bien installer et allumer le feu. Beaucoup d'autres personnes apprécient cette célébration du soir. Ils en profitent pour faire une petite randonnée pour s'y rendre. À la fin, on partage un verre de vin chaud. On mange aussi des petits sandwichs préparés par le conseil de paroisse. Il y a une jolie convivialité.

– Vous le faites où ?

– Au Crêt de la Neuve, au-dessus de Longirod. On marche environ une demi-heure pour rejoindre la crête depuis le parking du bas. Vous voyez où c'est ? demanda-t-elle déstabilisée par l'enchaînement des questions.

– Je connais, répondit Nathan plus doucement. Cette année, ça s'est passé normalement ? Rien de particulier ?

– Non, je n'ai rien remarqué. Il a neigé au moment de redescendre. C'était beau.

Elle regarda Nathan intensément.

– Vous pensez vraiment que celui qui a fait du mal à Aurélie était là ?

– Peut-être. Vous n'avez pas connaissance d'un membre de sa famille ou d'une personne fréquentant la paroisse avec un passé particulier, une réputation un peu différente ?

Elle prit le temps de réfléchir, fronçant les sourcils.

– Il n'y a rien qui me vient à l'esprit. Je vais y penser. Ce que vous dites me perturbe beaucoup. Est-ce que le meurtre d'Aurélie est en lien avec ce que j'ai pu dire ce soir-là ? Ça me panique ce que vous sous-entendez…

– Je ne peux pas vous répondre. Vous-même, avez-vous déjà eu des problèmes avec des paroissiens ? Ou d'autres personnes ? Reçu des menaces ?

– Non, rien de particulier… Ma venue dans cette paroisse n'a pas plu à tout le monde. C'était il y a presque cinq ans. Je suis la première femme pasteure sur ce poste. Deux membres du conseil de paroisse ont démissionné avant même de me rencontrer. Ça arrive. Ils ne voulaient pas d'une femme, divorcée en plus… Les gens, en général, sont plutôt bienveillants à mon égard. Mon conseil de paroisse est formidable. Ses membres me font confiance. Nous mettons en place des projets novateurs. Ça marche. Des personnes qui ne font pas partie de notre église viennent par ce biais assister à des concerts, à des conférences. Nous sommes plutôt bien perçus dans les villages. Notre fête de paroisse attire aussi beaucoup de monde. Elle est un plus pour la vie locale. Vraiment, je ne vois pas qui dans notre cercle paroissial proche ou plus large en voudrait à Aurélie ou à moi-même. Ça n'a pas de sens !

– Prenez le temps d'y réfléchir tranquillement. N'hésitez pas à me contacter si quoi que ce soit vous revient. C'est important.

– Si je peux aider…

Elle soupira. Elle était triste. Troublée. Épuisée.

– Je vous remercie pour votre accueil, dit-il en se levant avec une pointe de regret.

Elle lui décocha un sourire et le raccompagna sur le pas de la porte.

– Bon retour chez vous. Je reste à votre disposition.

Leurs regards restèrent accrochés l'un à l'autre.

– Bonne soirée Viviane.

– Bonne soirée inspecteur.

– Nathan…

– Bonne soirée Nathan.

Il se retourna pour lui faire un petit signe de la main. Une brève lueur traversa les yeux de Viviane. Elle plut particulièrement à Nathan.

CHAPITRE 31

La voiture avait pris feu. Il ne restait plus du pasteur qu'un corps calciné jusqu'à la moelle. Il s'était encastré dans un arbre en descendant le col de la Givrine vers 23 heures. Il rentrait de sa réunion. Un virage serré avait été fatal. Les freins avaient lâché comme prévu. Elle avait dévissé juste comme il fallait les boulons du système de freinage. Il a eu ce qu'il méritait ce vieux salaud, *pensa-t-elle en souriant devant sa tombe.*

Elle nettoyait les fleurs fanées déposées sur sa tombe pendant l'enterrement. Il avait eu lieu la semaine d'avant. De nombreuses personnes lui avaient fait leurs condoléances, à elle. Ils connaissaient « sa proximité » avec le pasteur, son « dévouement » à son service. Elle avait affiché un regard triste et un peu perdu. Intérieurement, elle jubilait. Sa veuve allait déménager à la fin du mois, pour laisser la place au nouveau pasteur. La vieille femme allait vivre à Neuchâtel, près de sa famille. Quant à elle, à la fin de son remplacement dans trois semaines, elle déménagerait deux villages plus loin. La lettre de recommandation avait fait son petit effet. Elle avait obtenu un emploi comme assistante comptable à la commune de Gilly. Et une facilité pour louer un petit appartement à quelques minutes en voiture. Elle pourrait facilement surveiller son grand-père grâce à cette proximité géographique et programmer tranquillement sa vengeance. C'était à cause de lui que sa grand-mère avait été internée. À cause de lui que sa mère avait été placée dans cette famille de dégénérés. À cause de lui que le porc s'était introduit en elle et que le père la fracassait. Elle le haïssait de toutes les fibres de son corps. Il allait souffrir, payer. Lui et ceux après lui. Œil pour œil, dent pour dent. *Elle avait tout son temps. Elle pouvait désormais faire tout ce qu'elle voulait, sans que personne ne lui dicte quoi que ce soit. Elle était libre.*

Deux jours après la mort du pasteur, elle était allée dans la pièce des archives, au grenier. Elle avait détesté. Mais le jeu en valait la chandelle. Elle avait lu les registres paroissiaux sur presque cent ans. Elle avait épluché les courriers. Elle avait trouvé le nom de son grand-père, la mention de son mariage au temple de Bursins, la référence des baptêmes de ses fils. Ce qui est sûr, c'est que sa mère était née alors qu'il était marié depuis plus de deux ans. Un porc comme les autres. Qui avait dû forcer sa grand-mère puisqu'elle en était devenue folle. Elle avait aussi trouvé une lettre d'une institution psychiatrique fribourgeoise. Elle informait que l'internement de sa grand-mère pour « hystérie » s'était déroulé sans encombre. Il était précisé dessus que la « patiente » réagissait bien aux traitements. Elle avait eu envie de vomir. Elle avait emporté cette preuve chez elle. Pour ne pas oublier. Jamais. Le pasteur avait été complice. La lettre lui avait été adressée. Il était son référent.

En rangeant les affaires du pasteur, elle avait subtilisé la clé du tiroir fermé à double tour de son bureau. Elle y avait trouvé deux gros dossiers. Un avec une couverture orange. Il se nommait « Placements ». Le second, dans un classeur noir, avait pour titre « Association pain et parole pour tous ». Dans le premier, elle trouva en moins de deux minutes un document qui confirmait bien le placement de sa mère à 15 ans, comme aide-ménagère dans la famille de son père et du porc. Le pasteur était devenu son tuteur, puisqu'elle avait grandi en orphelinat, de père inconnu et d'une mère en institution psychiatrique. De retour chez elle, elle avait aussi étudié le dossier de l'association. Un versement avait été réalisé par son grand-père au moment de l'internement de sa grand-mère. Il avait payé pour la faire enfermer ce salaud, avec la complicité du pasteur. Et il avait fait un deuxième versement à l'association quand sa mère était devenue, encore mineure, l'esclave domestique de sa famille de dégénérés. Les dates correspondaient à quelques jours près.

Elle avait décidé de garder ces dossiers. Elle avait analysé les transferts de fonds. Il y avait un détournement caractérisé d'une partie de chaque somme sur un compte numéroté à Berne. Pas bête le vieux pasteur. Il avait cru s'assurer un joli train de vie à la retraite grâce à ses sordides manigances. Elle était bien contente qu'il n'ait pas pu en profiter. Ça tombait bien, elle savait quel usage faire de cet argent du malheur.

CHAPITRE 32

Ajda et Nathan s'étaient retrouvés à 8 heures tapantes au bureau. Jacques les rejoindrait plus tard. Il avait plusieurs personnes à interroger et quelques recherches à faire pour vérifier certains alibis. Hier soir, Nathan lui avait envoyé des messages dans ce sens.

Le soleil éclairait la pièce centrale d'une belle lumière. Une énergie nouvelle traversait la salle. Les deux enquêteurs se tenaient face à un grand tableau blanc. Ils commençaient à poser leurs hypothèses de travail.

– Pauline n'avait pas envie de parler après l'enterrement, dit Ajda tout en regardant fixement devant elle. Sa mère l'a encouragée et nous avons pu discuter une dizaine de minutes sur le parking. Elle a confirmé qu'Aurélie ne s'était pas sentie bien après la mort des chatons. Elle était persuadée que c'était sa faute. Elle lui avait aussi confié que parfois elle avait peur. Comme ça, sans raison. Comme si on voulait lui faire du mal. Mais que ça n'avait rien à voir avec Damien.

Ajda était concentrée. Son cerveau tournait à toute vitesse. Elle repassait le génogramme dans sa mémoire. Elle croisa le regard de Nathan. Ils en étaient arrivés au même point, par des chemins différents.

– La pasteure a confirmé la même chose. Et ce sentiment de peur diffuse, le grand-père le ressent aussi, ajouta Nathan. Il a dit : « Quelque chose rôde sur notre famille. »

– Son fils, Sylvain, c'est pareil ?

– Je ne crois pas. Mais il a partagé que son père est persuadé que sa famille est sous le coup d'une « malédiction ». Qui commence par la mort de son grand-père, asphyxié dans le silo à grains.

– Cette peur transmise sur plusieurs générations a quelque chose à nous dire…

Ajda prit le feutre noir et commença à dessiner le génogramme. En rouge, elle traça une ligne représentant la peur, débutant au grand-père, passant par le fils, le petit-fils et l'arrière-petite-fille.

– Je suis convaincu qu'Aurélie connaissait son assassin, continua Nathan. Elle est montée dans sa voiture et en est descendue pour vomir sur le bas-côté. Le tueur la suivait, comme il devait le faire régulièrement. Ce soir-là, elle n'avait pas son téléphone portable. Elle a changé ses habitudes. Il a eu l'opportunité d'agir.

– Pourquoi il ne l'a pas juste écrasée ? Pourquoi ce risque de la prendre avec lui ? Il n'y a pas d'enjeu sexuel, puisqu'elle n'a pas été violée.

– Il voulait transmettre un message. La célébration des feux de l'Avent, avec cette histoire de cœur et de pierre, a dû être le facteur déclencheur de sa pulsion psychotique.

Nathan réfléchissait, le front plissé par la concentration.

– Le cœur de chair transformé en cœur de pierre, murmura Ajda. C'est très fort. La famille d'Aurélie est associée au cœur de pierre. À la dureté. La mort d'Aurélie devait servir à révéler ça.

– Et si les accidents qui ont entraîné la mort des hommes de sa famille n'en étaient pas ?

– Des meurtres déguisés ?

Un silence s'installa entre eux, chacun pesant le pour et le contre de cette idée.

– Il me manque un indice, quoi que ce soit qui puisse ouvrir cette piste sur un des trois décès par accident, dit Ajda dans un soupir. Parce que sinon, c'est tout à fait envisageable. Ça fait sens dans le génogramme.

– Pour le frère de Sylvain, Jean, décédé par noyade, il y a quelque chose à creuser.

Ajda leva un regard interrogateur en direction de son chef.

– Son amant venait de rompre avec lui le jour même. C'était le fils du commandant Steintz, il s'appelle Claude. Il est toujours vivant. Il habite avec son compagnon à Fribourg. Le commandant Steintz est persuadé que Jean s'est suicidé à cause de la rupture avec son fils. Je n'y crois pas. J'ai eu Claude Steintz par téléphone. La rupture s'était, selon lui, bien passée. Jean avait déjà un autre petit ami en tête. C'est pour ça que Claude avait arrêté leur relation. Ils s'étaient vus dans un café en fin d'après-midi, avant qu'il ne rentre chez ses parents pour un repas de famille. Il n'a jamais été question qu'ils se voient au bord du lac. Jean n'avait donc aucune raison d'aller pêcher en plein hiver, cette nuit-là. Ce que Sylvain a confirmé. Et il n'avait probablement pas non plus d'idée suicidaire, puisqu'il avait rendez-vous avec son potentiel nouvel amoureux le lendemain. Un certain Roger Jonin, coiffeur à Lutry. Jacques est en train de l'interroger. Autre élément, un psychotrope a été retrouvé dans le sang de Jean. Il est plus que probable qu'il ait été drogué, puis transporté dans la barque. Je vais faire rouvrir l'enquête, malgré les réticences de Steintz qui reste bloqué sur cette histoire de suicide. À l'époque, il a voulu protéger la réputation de son fils et celle de sa famille. Maintenant, ça n'a plus de sens. À part qu'à la veille de sa retraite, cette vieille histoire pourrait bien lui porter préjudice.

Ajda sentit un poids s'enlever de ses épaules. Ils tenaient quelque chose. Et elle s'en moquait comme de l'an quarante des petites compromissions du commandant Steintz. Du moment que leur enquête avançait…

– Alors, partons du principe que les deux premiers meurtres ont eu lieu en octobre et décembre 1981. Celui de l'arrière-grand-père d'Aurélie, Georges, puis de son fils Louis. Dix ans plus tard, en décembre, le petit-fils de Georges, Jean est assassiné. Trente ans plus tard, c'est son arrière-petite-fille Aurélie. À chaque fois, c'est l'enfant premier-né de la génération qui est assassiné. Et le meurtre d'Aurélie, avec la pierre à la place du cœur, marque la fin du cycle et exprime en même temps le message de l'assassin. Votre famille a un cœur de pierre…

Les traits rouges et noirs ressortaient avec une grande netteté sur le tableau. Ajda remit les capuchons sur les feutres.

– Ça ressemble à une vengeance. Sur plusieurs générations. Et si Aurélie marque la fin du cycle, c'est parce que le meurtrier sait qu'il ne sera plus présent pour la génération d'après, l'enfant potentiel du frère d'Aurélie, dit Ajda en se tournant vers Nathan.

– Trop âgé ? Malade ?

– Possible. Mais l'assassin a encore assez de force pour tuer Aurélie avec un coup sur la tête… Et dépecer avec habileté.

– On peut aussi raisonnablement penser qu'il était présent à la célébration des feux de l'Avent, trois jours avant de passer à l'acte. Et logiquement, il a dû se rendre à l'enterrement d'Aurélie pour jouir de la souffrance de la famille.

Ils marquèrent un nouveau temps de silence. La perversité du meurtrier prenait corps.

– Pourquoi trente ans de latence entre Jean et Aurélie ? interrogea Ajda.

– Ça se comprend dans le cadre des générations qui se suivent. Peut-être qu'il a agi ailleurs, sur d'autres, pour gérer ses pulsions entre-temps ?

– Je vais rechercher d'autres décès violents ou suspects dans la région pendant cette période.

– Commence à partir de 1981, indiqua Nathan. Et si la clé, c'est vraiment l'arrière-grand-père d'Aurélie, il va falloir aller chercher de l'info auprès des vieux des villages, de la commune, de la paroisse. Je m'occupe de Roland et de la pasteure. Je balance les infos à Thierry. Il doit poser un profil ce matin.

– On part sur quelle tranche d'âge ?

– Une personne qui aurait entre 60 et 80 ans aujourd'hui ? Soit entre 20 et 40 ans en 1981. Tu valides ?

– On peut commencer comme ça.

Jacques passa sa tête par la porte entrebâillée.

– On fait des maths ? interrogea-t-il avec une jolie pointe d'humour, tout en déposant trois gobelets de café sur le bureau. Nathan lui fit un petit signe de la main en guise de remerciement.

– Sympa le café, répondit Ajda d'une voix aussi neutre qu'à son habitude.

– Vous complotez quoi ? ajouta-t-il en analysant le tableau. Ah ouais quand même ! On part sur un quadruple meurtre depuis 1981.

– T'en penses quoi ? demanda Nathan, connaissant le souci du détail de Jacques.

– Ça peut tenir la route. Cette histoire de pierre comme message à la famille Dutroit… L'âge potentiel du meurtrier de nos jours… L'aîné de chaque génération à abattre, garçon ou fille.

Il se tourna vers eux, avec sérieux.

– Roger Jonin se souvient très bien de l'histoire du décès de Claude Steintz par noyade. Le soir de sa mort, il était en formation dans le Valais. J'ai vérifié. Les registres papier ça a encore du bon… Il devait rentrer le lendemain en fin d'après-midi car il avait rendez-vous pour un rencard avec Jean à Rolle. Ils s'étaient rencontrés lors d'un match de football dans l'automne et étaient restés en contact. Il n'était pas au courant d'une rumeur autour d'un suicide. Pour lui, c'était un accident. Selon moi, le commandant Steintz a dû paniquer et se convaincre de cette histoire de suicide à cause du psychotrope trouvé dans le sang de Jean. Alors que c'est peut-être le tueur qui le lui a fait prendre.

– C'est aussi ce que je pense, ajouta stoïquement Nathan.

– On peut raisonnablement supposer que Jean le connaissait, murmura Ajda.

– Jacques, tu as pu vérifier les agendas des principaux membres de la paroisse ?

– Pas tous, c'est en cours. Le soir du meurtre, la pasteure avait une réunion *les tentes rouges*, de 20 heures à 23 heures à Gimel, avec une trentaine de femmes.

– C'est quoi ? demanda Nathan intrigué.

– C'est un cercle de parole ritualisé pour femmes avec une impulsion spirituelle, répondit-il en lisant le recto d'un flyer sorti de sa poche. Le thème était *les douleurs des femmes*. Tout un programme... En parallèle, une commission financière de la paroisse a regroupé plusieurs personnes de leur conseil à Gimel, de 19 heures à 23h30. C'est dingue la longueur de leurs réunions. Ils n'ont pas de vie ces bénévoles ou quoi ?

– Ce n'est pas le sujet, répondit Nathan, pressé. Jacques, tu interroges à nouveau TOUS les membres de la famille élargie d'Aurélie qui ont entre 60 et 80 ans. Ajda, tu décortiques les archives et tu nous trouves des morts violentes ou suspectes dans la région et s'il le faut dans les cantons romands depuis 1981. Tu relis les trois dossiers des décès par accident. Je retourne voir Roland et la pasteure. On se retrouve ici dans l'après-midi.

Ajda et Jacques hochèrent la tête en signe d'acquiescement. Chacun d'entre eux avait envie de suivre la piste du sang, en bons chiens de chasse qu'ils étaient.

CHAPITRE 33

C'était un mélange de neige et de pluie. Ça dégueulassait tout, voitures, chemins, maisons. L'humidité froide ne laissait pas de répit aux corps et aux âmes. C'était déprimant. La blessure de Nathan l'élançait régulièrement. Il avait fait un nouveau pansement dans les toilettes du bureau avant de partir. La plaie était propre. Les points tenaient bien. Mais la fatigue accumulée ces derniers jours ne lui permettait pas de gérer correctement la souffrance. Hors de question qu'il avale un antidouleur. Au moins, elle le tenait éveillé. Elle lui rappelait l'essentiel. Il était en vie. Contrairement au dealer dans le bois. Contrairement à Aurélie. La pauvre gamine était en train d'être transformée en cendres au crématorium de Saint-Georges. Une bouffée de colère le traversa. Et le sentiment qu'ils venaient de faire un grand pas dans l'enquête n'apaisait rien. Il était conscient de la fragilité des suppositions posées avec son équipe, mais son instinct ne le trompait pas. Ils approchaient à pas feutrés du meurtrier, en cercles concentriques, comme une meute de loups autour de sa proie. En silence, tranquillement, sûrement.

En arrivant à la propriété Dutroit et fils, Nathan trouva Roland comme la dernière fois, adossé au battant de la remise, fumant sa cigarette roulée. Il se tenait un peu plus recourbé sur lui-même. La détresse du deuil entraînait des conséquences physiques. Le vieux était en bout de course. Ils étaient seuls. Nathan sortit difficilement de la voiture et remonta le col de sa parka. Cela n'empêcha en aucune façon les lourdes gouttes d'eau de s'insinuer sournoisement dans son cou. Il n'y prêta aucune attention malgré les frissons déclenchés.

– Pas la forme non plus ? interrogea d'une voix neutre Roland.

– On a connu des jours meilleurs, répondit tout aussi laconiquement Nathan.

– Je vous attendais, reprit Roland.

Nathan hocha imperceptiblement la tête.

– Si vous êtes là, c'est que vous avancez un peu, non ? demanda-t-il avec une sourde plainte dans l'intonation.

Pour sûr, le vieux souffrait, radicalement.

– On pense comme vous, affirma Nathan. Au mal qui rôde…

Roland poussa un profond soupir de soulagement. Sa lèvre inférieure se mit à trembler légèrement. Il était au bord des larmes. Nathan lui laissa quelques instants pour gérer son émotion.

– Vous pensez à quoi Roland ? À qui ?

Nathan l'avait appelé par son prénom, naturellement.

– Je ne sais pas, répondit-il avec détresse. Mais ça remonte au père, au Georges.

– C'est aussi ce qu'on croit…

Roland regarda Nathan dans les yeux. L'intensité échangée ne les gêna pas. Ils étaient des combattants appartenant au même camp.

– Qu'est-ce qui se disait sur votre père ?

– Je ne sais pas trop. C'était un taiseux. Il était d'origine italienne. Il faisait partie des protestants de la vallée du Piémont. Ils existent toujours. On les appelle les Vaudois.

– Je ne connais pas.

– Rien à voir avec nous, les habitants du canton de Vaud. Les Vaudois, ils appartiennent à l'église fondée par Valdo, un homme qui a vécu au 12e siècle, riche marchand de Lyon qui laisse tout pour annoncer l'Évangile. Ils sont rapidement persécutés comme hérétiques par l'Église catholique et se réfugient en Lombardie. Au 16e siècle, ils rejoignent le mouvement de la Réforme. J'ai eu l'occasion de faire un voyage paroissial là-bas il y a une quinzaine d'années. *Torre Pellice*, c'est leur capitale spirituelle. C'est intéressant. Là-bas, depuis des siècles, les filles comme les garçons apprennent à lire, écrire, compter. Les jeunes filles étaient souvent embauchées par les riches familles comme perceptrices ou nounous. Les hommes partaient dans d'autres fermes, enseignaient. Ils étaient appréciés pour leur sérieux. C'étaient des gros travailleurs. Je sais que mon père est venu avec un groupe pour les moissons, pour les vendanges et garder les troupeaux. À l'époque, la paie permettait à la famille restée au Piémont de vivre quelques mois. Mais lui, il n'est pas reparti. Il a rencontré ma mère. Elle avait vingt ans de moins que lui. Comme il était protestant et instruit, il a été assez bien accepté par mes grands-parents et les gens du coin.

– Il a laissé de la famille au Piémont ?

– Il était veuf, sans enfant. C'est marqué dans le livret de famille de mes parents.

– Je peux l'avoir ?

– Bien sûr.

– Qui aurait pu lui en vouloir ?

– J'en ai aucune idée, répondit Roland perplexe. Je n'arrête pas d'y penser, de réfléchir à ça. Je ne trouve pas ! Il n'a pas volé la terre, ni les bêtes. Elles étaient à sa femme. Ses beaux-parents n'avaient eu qu'une fille. Il était travailleur, dur. Mais pas méchant. Y avait le martinet à la maison mais c'était plus pour faire peur qu'autre chose.

– D'autres traits de son caractère ?

Roland secoua la tête de gauche à droite, un peu perdu.

– Je ne l'ai jamais vu tendre avec notre mère. C'était l'époque. Il souriait peu. Mais il avait une présence. Je vais vous montrer des photos. Y en a quelques-unes.

– Il était croyant ?

Roland haussa les épaules.

– Il venait aux grandes fêtes religieuses, Noël, Pâques. On n'en a jamais discuté. C'était ma mère qui participait à la vie de la paroisse avec la famille de son côté.

– Qui pourrait me parler de lui ? De vos parents ?

– Les gens de sa génération, ils sont tous morts. Je ne sais pas. Je vais chercher.

– On va voir ces photos ?

– Avec un café ?

– Ce n'est pas de refus.

Les deux hommes entrèrent dans la cuisine. Roland fit couler les deux cafés puis alla chercher un vieil album photos à la couverture en cuir sombre, abîmée par le temps. Il tenait aussi à la main le livret de famille de ses parents. Il fit de la place sur la table pour ouvrir l'album.

– Là, c'est le jour de leur mariage, dit-il en pointant du doigt un couple endimanché posant pour une photo officielle entre deux compositions florales. Mon père n'aimait pas dépenser de l'argent pour rien. Je suppose que c'est pour ça que ma mère n'a pas eu de robe de mariée.

Nathan examina la photo de plus près et les deux autres collées à côté. Georges était sans aucun doute un très bel homme. Sa femme, toute petite à côté de ce géant, avait un visage sans finesse. L'atmosphère était austère. Au vu de la date du baptême de Louis à l'âge de trois semaines, qui était inscrite sous la photo de la famille à la sortie du temple sur la page d'après, elle était enceinte au moment de son mariage. De plus de deux mois. Ceci expliquait cela.

Nathan continua à feuilleter l'album familial. Georges était présent à de rares occasions. Toujours très beau. Sans jamais sourire. Il ne respirait pas le bonheur.

– Il aimait faire la fête votre père ? Il avait des amis ?

– Non, c'était un solitaire. Mais bon, quand je suis né, il avait plus de 40 ans. Je ne sais pas comment il était jeune. Mon frère Louis était un peu comme lui. Il ne parlait pas beaucoup. Ils allaient à la chasse ensemble. Moi je préférais aller aux scouts avec les copains. J'avais le droit si j'avais fait toutes mes corvées à la ferme ou aux vignes.

Nathan avala son café tiède. Roland semblait épuisé. Il était temps de prendre congé.

– Je peux garder votre album ? Et récupérer le livret de famille ?

– Faites seulement. Je n'en ai pas l'usage.

Nathan lui serra la main pour prendre congé. Roland l'accompagna sur le pas de la porte, le poids du monde sur les épaules.

Nathan avait une dizaine de kilomètres à parcourir pour rejoindre le presbytère à Gimel. La pasteure avait confirmé sa disponibilité à partir de 11 heures. Il prit l'appel par Bluetooth qui s'afficha dès qu'il sortit de la propriété des Dutroit.

– Bonjour Nathan, c'est Thierry. C'est le bon moment pour te parler ? demanda le profileur avec sérieux

– Ça va bien. J'attendais ton retour. Tu as bien reçu les infos de ce matin ?

– Oui, merci. Ça a été bien aidant.

– Tu valides notre hypothèse ?

– Je ne peux pas aller jusque-là, mais le profil qui en ressort colle bien.

– Une seule personne sur toutes ces années ?

– Oui, c'est le plus vraisemblable, répondit Thierry d'un ton professionnel. Je ressers un peu les dates. Elle devrait avoir maintenant entre la fin de la cinquantaine et la fin de la soixantaine. Elle habite tout ou partie de l'année dans la région. Elle est insérée dans la vie locale tout en étant solitaire. Elle est bloquée dans ce projet de destruction de la branche aînée de cette lignée de la famille Dutroit. Le meurtre d'Aurélie marque une étape importante. Elle veut faire savoir pourquoi elle tue. Est-ce dû au sexe de la victime ? À l'état de sa propre personne ? Je pencherais pour cette deuxième hypothèse. Elle a subi des abus physiques et très probablement sexuels dans son enfance, de manière répétée, dans un contexte de violence permanente. Elle a mis en place des processus de dissociation pour les gérer. Elle a développé une sociopathie. D'une manière ou d'une autre, elle a un lien de proximité avec ses victimes.

Nathan restait silencieux.

– Je ne t'apprends rien, non ? constata Thierry avec une très légère pointe d'ironie.

– Si, tu emploies sans cesse le mot elle. C'est une femme ?

– Selon moi, oui, répondit le profileur avec fermeté. Les meurtres déguisés en accidents, la diversité des moyens utilisés, l'absence de violence sexuelle, la symbolique autour du cœur remplacé par une pierre sont des bons marqueurs. Georges Dutroit a fait quelque chose qui légitime son délire. Il était trop vieux quand il a été assassiné pour être le fils aîné à abattre. C'est à partir de lui que cela se met en place.

– Elle a pu tuer avant ? D'autres entre chaque meurtre ?

– Oui, très probablement. Pour agir sur des périodes aussi longues et distancées, elle a dû gérer autrement ses pulsions sadiques. Sur des animaux comme des humains. Ou alors c'est qu'elle en était empêchée. Prison ? Maladie ?

– Tu as pu analyser les vidéos de l'enterrement avec ta nouvelle grille de lecture ?

– Non. Pas eu le temps. Je fais ça cet après-midi. Je te contacte vers 17 heures.

– Merci Thierry. Je mets au courant Ajda et Jacques.

– Nathan ?

– Oui Thierry ?

– Elle est acculée.

– Dangereuse ?

– Oui.

– C'est noté.

CHAPITRE 34

L'occasion était trop belle. Impossible de la laisser passer. Elle l'avait repéré aux jumelles en train de monter l'échelle du silo-tour en métal situé au-dessus des champs. Il faisait au moins bien quinze mètres de haut et le vieux ne s'était pas encordé. Respecter les consignes de sécurité ne semblait pas être son fort. Le maïs ensilage y était stocké depuis la fin de l'été et elle l'avait déjà vu faire cette inspection. Il ouvrait l'écoutille et disparaissait à l'intérieur moins de cinq minutes. En plus, il ne portait jamais de masque de protection. Elle était sûre qu'il agirait de la même manière. Elle connaissait les dangers de ces silos. À la ferme, le porc et son père en avaient eu un en bois, plus petit. Elle se souvenait bien du drame du haut de ses 8 ans. Un jeune saisonnier y était mort asphyxié alors qu'il égalisait de l'herbe ensilée depuis la veille. Les gaz toxiques lui avaient été fatals. Le silo n'avait pas été assez bien aéré avant qu'il y descende travailler. Elle sentit l'excitation monter en elle comme une vague puissante. Un raz-de-marée. De légers picotements s'emparaient de ses mains et entre ses cuisses. Un goût métallique prenait possession de sa bouche. L'envie était irrépressible. Elle vérifia rapidement les alentours.

Personne en vue. Ses fils étaient partis aux vignes depuis le matin. Ils étaient seuls, elle et lui. En ce mois d'octobre, le temps était sec, elle ne laisserait pas de traces au sol. Elle fit un rapide chignon à l'aide d'un élastique qu'elle portait toujours au poignet, enfonça son bonnet gris sur sa tête, ajusta ses gants et se mit à courir en position basse en direction du silo. Il venait d'y entrer. Le temps était compté. Elle était agile. Avec son frère, ils avaient appris à grimper rapidement aux arbres pour échapper aux coups. En une minute à peine, elle serait en haut du silo. En arrivant au sommet, elle se pencha vers l'intérieur. Il se tenait à quatre-cinq mètres au-dessous d'elle, en train de vérifier l'état de l'ensilage. Elle jubilait.

– Bonjour grand-père, cria-t-elle à son intention sur un ton tout joyeux.

Le son de sa voix résonna lugubrement à l'intérieur. Georges Dutroit leva les yeux vers elle. Elle lut dans son regard un mélange de surprise et de peur. Mais pas tant que ça. Ça ne l'étonnait pas. Forcément, il connaissait son existence. Il avait dû suivre son parcours au travers des dires du pasteur. Il avait sûrement payé pour, plusieurs fois par an.

– Descends de là, c'est dangereux, répondit-il avec méchanceté. Tu veux quoi ?

Le feu à l'intérieur d'elle se répandit de nouveau. Elle avait tellement envie de lui faire mal. Ses oreilles bourdonnaient et sa tête commençait à tourner.

– Il est temps de faire un gros dodo, mon papy… De subir le jugement de notre Seigneur. C'est ton tour ! enchaîna-t-elle d'une petite voix chantante.

Il comprit tout de suite ses intentions et s'agrippa à l'échelle intérieure pour débuter sa remontée. Elle le gratifia de son plus beau sourire.

– Bye, bye, dit-elle en refermant rapidement l'écoutille supérieure.

Que c'était bon ! *Son visage n'exprimait que de la terreur. Elle l'enferma dans son cercueil métallique alors qu'il poussait un hurlement. Il tambourina quelques minutes, puis plus rien, le silence. Elle attendit encore un bon moment. Elle avait une vue à 360 degrés. Pas un seul nuage à l'horizon. Elle était seule au monde. C'était un signe de plus. Elle était le bras armé de Dieu, sa main vengeresse. Elle punissait pour lui sur cette terre et il se chargeait de la damnation éternelle. Elle dévissa ensuite la trappe et la remit exactement comme elle l'avait trouvée. Le corps reposait plus bas. Ses yeux s'habituèrent à la pénombre. Ceux de son grand-père étaient bien ouverts et la regardaient sans la voir. Il était bel et bien mort. Elle descendit du silo avec prudence et légèreté.* Quelle belle journée ! *Prochaine étape, son oncle alcoolique !*

CHAPITRE 35

Ajda avait la tête pleine de chiffres, de noms, de faits. Les dossiers s'accumulaient et rien de probant ne ressortait. Elle en était seulement à l'année 1981. Il y avait eu des morts violentes dans le canton. Cinq féminicides, les maris, les ex, les petits copains avaient été écroués. Une douzaine de décès par accidents de la route et un autre au cours d'une chasse étaient à déplorer, en plus de celui par asphyxie du père de Roland Dutroit. Un braquage de banque avait aussi mal tourné. À ceci s'ajoutaient deux enfants qui s'étaient noyés dans la piscine familiale l'été, trois ados en course de montagne, ainsi que quatre personnes âgées à la suite de chutes. Elle en était à son troisième café et sa nervosité ne cessait d'augmenter. Elle se sentait engluée dans un épais brouillard. Elle avait besoin d'exercice. Elle prit ses affaires dans son placard et fila au sous-sol à la salle de sport réservée aux membres de la police. Elle enfila sa tenue et des gants de boxe. Elle salua quelques collègues qui soulevaient de la fonte à grand bruit avant de se placer devant le sac. Elle négligea les échauffements et commença à taper. Son corps réagissait bien. Elle allait pouvoir le pousser un peu. Au bout de vingt minutes, elle était en sueur.

Son téléphone vibra. À la sonnerie choisie, elle reconnut l'appelant. Sylvia tentait de la joindre. Sûrement pour finaliser l'organisation des vacances au Maroc. Elles partaient dans une semaine. C'était la première fois de sa vie qu'elle allait vivre ça en couple. Sylvia était excitée comme une puce. Elle avait obtenu l'autorisation d'aller visiter le Djebel Irhoud où des squelettes d'*homo sapiens* primitifs avaient été exhumés quelques années auparavant, une découverte majeure dans son domaine. Cette envie de Sylvia d'aller là où cela fait sens dans son cadre professionnel plaisait à Ajda. De ce qu'elle lui avait expliqué, c'était pour elle un peu comme un pèlerinage, un retour aux sources. Elles allaient là où un ancêtre commun à toutes deux avait vécu, il y a environ 350 000 ans. *Forcément, ça crée des liens*, pensa-t-elle avec ironie.

Ajda ne cessait en parallèle de s'interroger sur ce qui reliait le meurtrier et Georges Dutroit. Elle partageait l'intime conviction de Nathan. C'était un membre de la famille. Avec le patriarche comme ancêtre commun et pas un homo sapiens de plusieurs centaines de milliers d'années. Elle renonça à répondre à Sylvia. Elle tenait un bon rythme de frappe. Elle lirait le message laissé dans sa boîte vocale un peu plus tard. Il ne devait rien y avoir d'urgent. Les billets d'avion étaient pris et l'hôtel réservé. Ajda n'était pas encore vraiment à l'aise avec tout ça. *Je suis un cas typique du profil évitant en relation amoureuse*, se dit-elle.

Elle devait lutter régulièrement contre elle-même pour ne pas fuir. Ce n'était pas une question d'amour suffisant ou pas envers Sylvia. C'était une question d'accepter de baisser sa garde et de rester vulnérable. Donc en danger. Ajda renforça la puissance des coups. Elle répétait inlassablement les mêmes gestes, scandés en trois temps. Les gouttes de transpiration lui gênaient la vue. Tout son corps implorait que cela cesse. Elle lui faisait subir un supplice. Encore, encore, encore. Elle s'arrêta soudain. Stoppa net. Elle venait de comprendre. La répétition…

C'était toujours la même rengaine. Mathilde avait encore râlé. Pas assez présent. Toujours en train de penser au boulot, jamais là quand il le fallait. Jacques lui offrirait un bouquet de fleurs en rentrant ce soir. *Oui, pas mal l'idée du bouquet,* murmura-t-il en faisant un créneau approximatif. La barre au milieu du front lui faisait atrocement mal. Il ne souhaitait qu'une chose. Ou plutôt, il le suppliait. Se coucher dans le noir. Mais il savait pertinemment que cela ne se ferait pas dans les prochaines heures. L'enquête avançait et il voulait faire sa part. Son côté saint-bernard. Il sortit difficilement de la voiture et se dirigea vers l'hôpital de Bellerive en avalant un puissant analgésique. La vue était superbe. L'établissement se trouvait en pente douce en direction du lac, face au Jura aux sommets saupoudrés de neige. Il avait trouvé une place de parking en extérieur et n'avait que quelques pas à faire avant de passer les portes coulissantes. La réceptionniste l'accueillit avec un grand sourire. Elle finissait son travail et sa remplaçante était déjà en train de venir vers eux.

– Madame Vizandel s'il vous plaît ? demanda-t-il en sortant sa carte de police.

En cette fin de matinée, les visites n'étaient pas encore autorisées. Elle pianota quelques secondes sur son ordinateur.

– Chambre 412, quatrième étage, dit-elle perturbée par la vue d'un membre des forces de l'ordre. L'ascenseur est sur votre droite. Inspecteur ?

– Oui ?

– C'est l'étage des soins palliatifs.

– Je sais.

Elle baissa le regard, troublée.

Jacques connaissait ce genre de lieu. Il avait accompagné sa mère dans un cadre similaire. Tout le personnel était dévoué et ultra professionnel. Cela n'enlevait rien au terrible qui se déroulait dans ces locaux. La mort, juste la mort.

Madame Vizandel était en fin de vie. Au bout du chemin à 97 ans. Elle était une cousine éloignée de la mère de Roland Dutroit. C'était un petit-neveu de Roland qui lui avait donné son nom après un minutieux travail de fourmi qu'il avait effectué auprès de la famille élargie d'Aurélie. Jacques se comparait à une fouine qui ne lâchait pas sa proie. Il aurait bien aimé. Mais il n'y arrivait pas. C'était comme ça, dans sa nature. Il fallait qu'il aille au bout des choses. Comme avec Mathilde et les enfants. Même si parfois c'était dur et que l'amour vacillait, il resterait avec elle jusqu'à la fin. Il serait là pour eux, jusqu'à son dernier souffle.

Il se concentra sur sa visite avant d'entrer dans l'ascenseur qui sentait le désinfectant. L'odeur amplifia ses douleurs. Il relut brièvement sa fiche. Madame Vizandel, Brigitte de son prénom, habitait le canton de Genève depuis son mariage. Elle venait d'avoir 18 ans. Elle était une cousine au deuxième degré de la mère de Roland. Elle avait probablement connu Roland et son frère dès leurs premières années, ainsi que Georges. Mais elle avait très vite rompu les liens avec cette partie de la famille après son mariage. Et ça, c'était intéressant. Personne n'avait su lui dire pourquoi. Il avait eu un contact téléphonique avec sa fille cadette le matin même. Elle lui avait confirmé que sa mère avait encore certains moments de lucidité mais l'épuisement du corps était bien présent.

Quand il passa la porte, Brigitte Vizandel dormait profondément, la bouche ouverte. Le tuyau transportant l'oxygène lui insufflait de quoi rester dans ce bas monde. Le tableau affiché en face du lit était rempli de renseignements. Il put y lire le nom du médecin gériatre, celui de l'infirmière, de l'aide-soignante et ses dernières volontés: *mourir dans le confort et sans acharnement.* Le nombre de bouquets de fleurs posés sur la table du fond émut Jacques. Chacun portait le nom d'un des petits-enfants ou arrière-petits-enfants. Ils étaient inscrits au feutre noir sur des étiquettes de couleur vive. Brigitte était aimée.

Jacques s'assit doucement à côté d'elle. Soudain, il n'y avait plus d'urgence. Le temps devenait hors du temps. Il ferma les yeux quelques minutes et s'endormit. L'infirmière, qui venait prendre les constantes de sa patiente, le réveilla. Il regarda l'heure. Une bonne vingtaine de minutes s'étaient écoulées. Brigitte le regardait doucement, avec des yeux d'un bleu clair, plus transparent que l'eau du plus pur des lacs de montagne. Jacques lui fit un petit sourire penaud avant de se racler la gorge.

– Bonjour madame Vizandel. Je suis l'inspecteur Jacques Munier et j'ai besoin de vous poser quelques questions. Votre fille Clarisse est au courant. Cela vous convient-il ? demanda-t-il un peu gêné.

Elle hocha la tête. Elle n'arrivait plus à parler mais elle échangeait de brefs messages, à l'aide d'un petit carnet posé sur la table de nuit. Il le lui mit entre ses mains, selon les consignes de sa fille.

– Je vais faire appel à des souvenirs lointains. C'est important, enchaîna-t-il.

Le regard de Brigitte se posa sur lui avec intensité. Comme si elle connaissait déjà ce qu'il allait lui demander. Jacques prit une profonde inspiration.

– Avez-vous connu Georges Dutroit ?

Elle hocha lentement la tête en signe d'affirmation.

– C'était le mari de votre cousine au deuxième degré, c'est bien ça ?

Elle réitéra le même mouvement.

Il savait que la question suivante était déterminante. L'état de fatigue de la vieille dame ne lui laissait pas le choix.

– A-t-il commis quelque chose de répréhensible aux yeux de la loi ?

Elle détourna la tête pour poser son regard sur la cime d'un arbre qui se découpait par la fenêtre. Elle réfléchissait. Elle griffonna quelque chose sur le carnet. Jacques tendit le cou pour lire. Un seul mot : *Viol.* Elle posa à nouveau son regard sur Jacques.

– Vous connaissiez la victime ?

Brigitte fit à nouveau un signe affirmatif. Elle écrivit : *saisonnière, amie, gentille.*

– Elle a porté plainte ?

Elle fit non de la tête.

– Que s'est-il passé ?

Brigitte soupira et marqua d'une main faible : *Enceinte. Internée. Secret. Plus jamais revue.*

– Madame Vizandel, pourquoi a-t-elle été internée ?

Folle. Mensonge.

– Qui est responsable de son internement ?

Le regard de Brigitte le transperça de part en part. La colère s'y distillait. *Les hommes de la famille. Le pasteur,* inscrivit-elle de manière presque illisible.

– Vous avez eu d'autres informations après ? Un contact ? A-t-elle mené sa grossesse à terme ?

Elle secoua la tête négativement. Puis écrivit : *Moi mariée. Partie à Genève.*

– Pourquoi avez-vous rompu les liens avec toute votre famille ?

Le même regard. La même rage.

Ont menti. Mylène Pas folle.

– Vous pouvez me dire le nom de Mylène ?

Brigitte fit non avec son doigt et marqua : *ne connais pas.* Une larme se mit à couler sans bruit sur sa joue. Jacques lui serra la main. Elle la dégagea pour écrire à nouveau. Elle tremblait. Il réussit à déchiffrer : *violée moi aussi. Georges. Une fois. Ai rien dit. Peur. Partie à Genève.*

Jacques hocha doucement la tête. Il avait compris. Elle lui tendit à nouveau son carnet. *Aurélie ?*

– Nous ne savons pas encore. Merci pour tout ce que vous m'avez partagé.

Elle prit sa main entre les siennes. Elle était si frêle. Brigitte y déposa les précieux papiers. Toujours ce regard, pur, profond. Jacques prit congé la gorge nouée. Il venait de découvrir de lourds secrets de famille. En refermant la porte de la chambre, il comprit que Brigitte Vizandel attendait une forme d'absolution pour son silence depuis tant d'années. Il ne pouvait pas la lui apporter. Qui pouvait ?

CHAPITRE 36

Elle avait lu dans le journal l'avis de décès du père de l'autre idiot. Par la paroisse, elle avait appris qu'il avait eu une crise cardiaque. Il n'avait eu que ce qu'il méritait ce connard prétentieux. *Elle était allée à son enterrement. Après tout, elle avait bossé dans son entreprise comme apprentie à l'époque. Elle avait bien aimé voir la souffrance de ses proches. Il ne restait plus que le fils à éliminer pour que toute rumeur à son sujet ne puisse jamais se répandre. Il valait mieux être prudente. Elle savait déjà comment elle allait s'y prendre. Et s'en réjouissait. L'expérience acquise grâce aux meurtres de son grand-père et de son oncle trois ans auparavant allait lui servir.*

Pour son oncle, cela avait été très simple. Même pas deux mois après le décès de son grand-père, elle l'avait suivi lors d'une de ses sorties à la chasse. Il les faisait en solitaire. Les automnes de son enfance passés à cueillir les champignons lui avaient appris à être discrète en forêt. Elle savait s'y mouvoir, s'y cacher. Elle aimait ça. Elle avait attendu qu'il s'endorme après sa pause déjeuner. Il était, comme à son habitude, complètement bourré. Encore un nuisible de base que le bon Dieu lui deman-

dait d'éliminer. Elle s'était approchée sans faire de bruit et avait rapidement armé le Falconet S. *Il n'avait même pas bougé d'un centimètre tellement il était plein de vin. Elle avait tiré, par en dessous, au niveau du menton. Le bruit avait été retentissant. Cela ne l'avait pas impressionnée. Elle connaissait bien les armes du célèbre fabricant italien. Son père avait possédé des fusils de la marque* Franchi. *Le porc lui avait appris à tirer avec et à les nettoyer. Ils étaient très lourds pour elle à l'époque. Pourtant elle n'avait pas le droit de les poser par terre. Sinon les coups pleuvaient. Pour son oncle maternel, elle s'était empressée de lui mettre le fusil près de ses mains, en le laissant contre le sol. Elle était repartie aussi sec. Elle s'était changée d'habits quelques dizaines de mètres plus loin avec mille précautions. Elle était couverte de sang et de cervelle des pieds à la tête. Elle avait ensuite bien effacé toutes ses traces. Le seul inconvénient à ce meurtre simple et efficace fut des sifflements dans les oreilles qui durèrent plusieurs mois. Pour l'autre idiot, elle avait donc choisi de ne pas utiliser une arme à feu.*

C'était lui qui l'avait tout de suite repérée au temple. Au cimetière, il était venu discrètement près d'elle pour lui demander son numéro de téléphone. Elle le lui avait donné oralement. Quand il l'avait appelé deux jours plus tard pour lui dire qu'elle lui manquait et qu'il espérait que c'était pareil de son côté, elle avait presque éclaté de rire. Qu'il était bête ! *Comment pouvait-il imaginer une seule seconde qu'elle avait un quelconque sentiment pour lui ? Il la dégoûtait ! Elle n'avait rien répondu. Mais quand il lui avait proposé de se retrouver à la cabane la semaine suivante, elle avait tout de suite accepté. Après le travail, elle l'avait rejoint à vélo. Elle avait amené une bouteille de vin pour «fêter leurs retrouvailles». Elle l'avait fait boire. Elle avait ajouté une bonne dose de somnifères dans son verre. Il ne s'était rendu compte de rien. Il avait trop envie de la prendre. Elle l'avait laissé fourrager en elle avec son machin, le temps que cela fasse effet. En moins d'une demi-heure, il s'était endormi sur une chaise, en ronflant du sommeil du juste. Elle avait alors dévissé le tuyau de la bouteille de gaz qui était toujours sur place. Ni trop, ni trop peu. Elle avait sorti de sa poche un petit briquet et avait allumé une bougie posée sur l'établi. Elle l'avait déplacée à cinquante centimètres de la fuite. Elle avait refermé la porte de la cabane sans un regard en arrière. Elle s'était positionnée assez loin, derrière un arbre, son vélo à la main. Elle avait vu la cabane exploser violemment. Sans que cela lui fasse mal aux oreilles. En revanche, elle avait ressenti une profonde jouissance. Pour sûr, il ne devait pas rester grand-chose de l'autre idiot. En pédalant en direction de la route, elle s'était fait une promesse. Plus personne ne la toucherait. Plus personne n'entrerait en elle. Jamais.*

CHAPITRE 37

Nathan poussa la porte entrouverte du secrétariat paroissial. Plusieurs personnes discutaient ensemble. Viviane était au téléphone. Un homme autour des 70 ans travaillait sur un document avec une dame d'une cinquantaine d'années. Ils étaient tous assis autour d'une grande table. Un ordinateur posé sur un bureau juste derrière, deux chaises, ainsi qu'une imprimante qui tournait à plein régime complétaient le mobilier. Viviane lui fit un signe de la main pour l'inviter à s'asseoir avec eux tout en clôturant sa conversation. Les deux autres personnes se présentèrent, Françoise, la secrétaire et Jean-Charles, le président du conseil de paroisse.

– Voulez-vous un café ? lui demanda la secrétaire avec un large sourire.

– Volontiers, merci, répondit-il. Mais je ne veux pas vous déranger. Vous êtes en réunion, non ?

– Nous allions prendre une petite pause, ajouta Jean-Charles. Et si nous pouvons faire quoi que ce soit pour vous aider dans votre enquête… Viviane nous a fait part de votre dévouement pour résoudre ce terrible drame.

C'est bouleversant, ce qui est arrivé à la petite Aurélie. Une si gentille fille…

Le président se racla la gorge. Son émotion était vive.

– Vous la connaissiez bien ?

– Je connais surtout bien sa famille. J'ai croisé Aurélie lors de différentes activités de la paroisse. Je garde un beau souvenir de sa participation en septembre au culte préparé par les jeunes qui sont allés en Polynésie. Elle était très motivée. Nous avons joué ensemble un morceau de flûte traversière.

– Jean-Charles est un flûtiste émérite, dit Viviane en posant son téléphone. J'ose même vous partager que pour son départ à la retraite, il a reçu une flûte en or. Elle est magnifique !

– Elle a surtout un son d'une rare pureté, compléta Jean-Charles avec un clin d'œil à Nathan.

L'ambiance était détendue et conviviale. L'odeur de la tasse de café, apparue devant lui au même moment, finit par parfaire ces instants volés à la dureté des jours passés.

– Puisque nous parlons musique, je viens de raccrocher avec Pascal, notre organiste, ajouta Viviane. Tout est en place pour la veillée de Noël. Miranda et Lucile seront également présentes. Elles vont chanter a cappella avec leur voix d'ange trois morceaux dont un de *Rihanna*. Ça va être magique ! Françoise, je t'envoie le déroulement de la cérémonie demain matin pour que tu puisses faire le livret avec les cantiques. Aujourd'hui, je n'y arriverai pas. J'ai le catéchisme avec les ados, puis la célébration œcuménique de Noël à la maison de retraite de Saubraz. Et en fin d'après-midi, je fais un entretien pastoral d'urgence. Je ne sais pas combien de temps cela va durer.

– Nous avons une pasteure efficace et qui ne compte pas ses heures, dit Jean-Charles à l'intention de Nathan.

– En parlant d'efficacité, je vais finir les biscuits de Noël pour les jeunes. La séance de catéchisme démarre par le partage d'une boisson chaude et de biscuits ou d'un gâteau, compléta Viviane à l'intention de Nathan. C'est ma marque de fabrique ! Ça ne vous dérange pas de poursuivre notre rencontre dans ma cuisine ?

– Je vous suis, répondit Nathan en avalant sa dernière gorgée.

Jean-Charles le retint par le bras.

– Ma famille habite Gimel depuis le 15e siècle. J'ai un penchant pour l'histoire. Si je peux être utile, n'hésitez pas ! Voici mon numéro de portable, dit-il en lui glissant sa carte dans la main. Vous pouvez compter sur moi.

– Merci, c'est noté, répondit Nathan légèrement surpris.

Il traversa le couloir après avoir salué la secrétaire et rejoignit Viviane chez elle. Elle était déjà en train de pétrir la pâte à biscuits pour en faire des sapins, des têtes de rennes et des étoiles à l'aide de petits emporte-pièces.

– Le métier de pasteure, c'est être au four et au moulin ! dit-elle avec humour. Désolée de vous recevoir ainsi, mais le temps est compté. Noël est dans une semaine et tout s'accélère ! Asseyez-vous où vous voulez.

Il prit place sur une chaise de cuisine bien rembourrée, face à elle. Il se sentait bien. Il n'arrivait pas à détacher son regard des mains de Viviane. Elles ajoutaient une pincée de farine sur le rouleau, elles façonnaient les biscuits, elles les posaient sur la plaque dans le four. Puis elles recommençaient la même opération encore et encore. Il ne s'en lassait pas. Au bout de quelques minutes, elle se tourna vers lui.

– Vous ne dites rien ?

Il sortit de sa torpeur, un peu gêné.

– Je rassemblais mes idées… Je voulais savoir si vous aviez pu repenser à ce que nous avions échangé ? Sur une personne de la paroisse susceptible d'en vouloir à Aurélie, à sa famille ?

Viviane se tourna vers lui, en essuyant ses mains à son tablier. Son regard était à nouveau rempli de tristesse.

– Non, je ne vois vraiment pas. Ça me semble tellement dingue tout ça !

Elle soupira profondément, au bord des larmes. Puis elle ajouta :

– Cependant, j'ai quelque chose pour vous. C'est pour ça que je vous ai fait venir ici, avec ce prétexte des biscuits à finir.

Elle ouvrit un tiroir juste à sa droite et en sortit un petit cahier noir, tenu par un élastique sur le côté. Nathan la regarda, intrigué.

– C'est votre intérêt pour la symbolique des pierres. Ça m'a fait repenser à quelque chose que j'avais lu à mon arrivée ici. Dans ce presbytère, des travaux de rénovation ont été réalisés avant que j'emménage. C'est assez fréquent pour accueillir un nouveau pasteur. D'autant plus que les deux précédents sont restés l'un plus de quarante ans et l'autre plus de vingt ans en poste ! Les ouvriers ont découvert un coffre, dans une espèce de trappe, dans une des chambres à l'étage. Il contenait plusieurs cahiers comme celui-ci. Ils appartiennent tous au pasteur Favre. Il a été en poste sur cette paroisse de la fin des années 50 jusqu'à son décès en 1981. Il est mort dans un accident de voiture, juste avant de partir à la retraite. Dans ses carnets, il notait différentes informations, à la suite des visites qu'il faisait. Nous sommes beaucoup à fonctionner comme ça. Jean-Charles a essayé de retrouver les membres de sa famille à Fribourg, sans succès. Son épouse est décédée quelques années après lui et il n'avait pas d'enfant. Alors, c'est moi qui ai récupéré le coffre. Il y a cinq ans, j'ai parcouru les trois derniers cahiers. Par curiosité. Je n'ai pas apprécié. Le pasteur Favre devait être très rigoriste. Ses remarques étaient assez sèches, dures. À l'opposé de ma théologie comme de ma manière de fonctionner.

Viviane ouvrit le carnet et le déposa devant Nathan.

– Regardez, là, dit-elle en pointant du doigt quelques lignes. Il écrit : *S est arrivé au catéchisme la semaine dernière avec des marques sur le visage. C'est son père. Il lui fait manger « le poids du péché », une soupe avec des pierres. J'ai interrogé sa sœur. Y a tout nié. S a été trouvé pendu ce matin dans la grange par sa mère et sa sœur. Suicide. Enterrement prévu dans trois jours. Garder à l'œil Y.*

Ces derniers mots étaient soulignés de deux traits nerveux. Nathan relut le passage.

– C'est horrible, non ? murmura Viviane d'une voix tremblante.

– Une idée de qui est S et Y ?

– Aucune. C'était il y a presque cinquante ans ! C'est normal d'anonymiser les personnes dans ce genre de carnet. C'est pour respecter le secret pastoral. Mais en recoupant les dates, il me semblait possible de retrouver la référence de l'enterrement de S dans le registre paroissial. J'ai cherché cette nuit dans les archives le registre de l'année mentionnée dans le carnet, 1977.

Viviane reprit sa respiration. Elle sortit une plaque de biscuits du four. Ils étaient légèrement trop cuits. Elle se tourna vers Nathan, son visage était rempli d'un mélange d'embarras et d'excitation.

– Impossible de retrouver le registre de cette année-là. Il a tout simplement disparu. Et aucune archive postérieure informatique n'a été faite, bien entendu. C'est étrange, non ?

– Je ne sais pas. Votre président, Jean-Charles, il pourrait peut-être nous aider, non ? Il avait probablement entre 20 et 30 ans à l'époque du suicide de ce jeune.

– Peut-être. N'hésitez pas à l'appeler. C'est un puits de connaissances concernant l'histoire locale. Son père et son grand-père ont été présidents et membres du conseil de paroisse pendant de longues années. Une tradition familiale…

Viviane s'était rapprochée. Elle se tenait debout à côté de lui et feuilletait le carnet.

– Tout ça, c'est très glauque tout de même, enchaîna-t-elle avec mélancolie.

Elle était proche, très proche de Nathan. Il pouvait sentir son parfum délicat. Il se tourna vers elle, toujours assis et lui prit le carnet des mains.

– Je peux le garder, demanda-t-il doucement.
– Oui, bien sûr.
– Je peux récupérer les autres ?
– Bien entendu. Je vous apporte le coffre.

Il s'était levé et gardait la main de Viviane dans la sienne. Elle ne la retira pas. Ne fit aucun geste. Il déposa le carnet sur la table et prit délicatement le visage de Viviane entre ses deux paumes. Elle ressemblait à un petit oiseau tombé du nid. Il ne pouvait plus lutter. Tout en elle lui plaisait. Tout.

Il posa ses lèvres sur sa bouche. Tout doucement. Pour ne pas l'apeurer. Au bout de quelques secondes, elle l'entrouvrit légèrement. C'était délicieux, avec un léger goût sucré. Elle avait grignoté un de ses biscuits juste avant. Il caressa tendrement sa nuque tout en ramenant son corps près du sien. Il ne lâchait pas sa bouche. Le baiser se faisait plus intense, plus profond. Elle entoura son torse de ses bras et se colla à lui. Son corps épousa parfaitement le sien. Ils n'arrivaient pas à se détacher l'un de l'autre. Ils respiraient à peine. Le désir devenait trop puissant. Il la bascula sur la table de la cuisine. Il fit descendre son jean sur ses jambes et enleva en quelques secondes son string. Il plongea dans son intimité, avide d'elle, de son sexe. Elle gémit de plaisir sous sa langue experte. Il remonta vers sa poitrine, en léchant chacune des parcelles disponibles de son ventre, de ses hanches. Elle plongea ses mains dans ses cheveux, en dessous de ses habits. Elle avait besoin de sentir sa peau. Il s'attarda sur ses seins. Ils étaient superbes, ses mamelons tendus à l'extrême. D'un mouvement du bassin, elle se dégagea de son emprise, à moitié nue. Elle le regarda avec intensité, puis l'emmena sur le canapé du salon, lui laissant admirer à loisir ses fesses rebondies. Assise sur lui, elle l'aida à ôter son pull et son polo. Elle effleura son pansement avec mille précautions. Elle déboutonna avec langueur sa braguette. Quelques instants plus tard, son pantalon à ses pieds et Viviane sur ses cuisses, il la pénétra avec force, la laissant ensuite imprimer le mouvement au rythme de ses hanches. Plus rien d'autre n'existait que leur souffle partagé, les peaux qui se parlaient, les gouttes de sueur qui se mélangeaient. Une puissante vague de désir les submergea. La jouissance survint, leurs gémissements de plaisir résonnant en même temps. Ils eurent besoin de quelques instants pour reprendre leurs esprits. Ils se tenaient pelotonnés l'un contre l'autre, leurs épaules se touchaient et leurs jambes étaient les unes sur les autres. Même après l'amour, ils ne formaient qu'un.

Nathan posa son regard au plus profond du sien.

– Je ne m'y attendais pas.

– Moi non plus ! répondit-elle avec un léger rire un peu gêné. Ce n'est pas dans mes habitudes !

– Je sais, ne t'inquiète pas. Merci pour ce que nous venons de vivre.

Elle lui donna un sourire qui le renversa de part en part.

– Je dois y aller, continua-t-elle en se levant à contrecœur. Tu peux prendre une douche si tu veux. Il y a une salle de bains pour les amis au fond du couloir à gauche. Tu trouveras tout ce dont tu as besoin.

– Volontiers. J'en ai pour deux minutes.

Il fila sous l'eau bienfaisante puis la retrouva dans la cuisine. Elle sortait la dernière plaque du four. Elle lui tendit une petite boîte, ainsi que le coffre en fer contenant les précieux carnets.

– Tiens, voici quelques biscuits pour tes acolytes et toi.

– Il faut bien nourrir son homme, c'est ça? dit-il un brin mutin.

Elle éclata de rire.

– C'est à peu près ça, inspecteur. Le temps nous le dira, non?

Il hocha la tête avec sérieux. Et s'entendit dire une phrase qu'il n'aurait jamais pensé prononcer un jour.

– On se voit ce soir, ici, après le travail?

Elle le regarda quelques secondes en silence. Avec douceur. Avec sérieux.

– Pas avant 20h30…

– J'amènerai à manger.

Il déposa un bref baiser sur ses lèvres puis se dirigea vers la porte d'entrée.

– Nathan?

– Oui?

– Tu es sûr?

– Oui. À ce soir.

Il passa devant le secrétariat et fit un bref signe à Françoise qui le lui rendit, la tête vissée devant l'ordinateur. Jean-Charles n'était plus là. Il lui téléphonerait en fin d'après-midi. Il était déjà 14 heures passées et il devait retrouver son équipe au plus vite au bureau à Lausanne. Il mit le moteur de la voiture en marche tout en relevant ses appels. Ajda et Jacques lui avaient laissé plusieurs messages. Il avait du boulot sur la route. Au moment où il opérait un demi-tour sur le parking du temple, la neige se mit à tomber. Drue, compacte. La route serait compliquée ce soir. Aucune importance, il reviendrait pour 20h30. À son plus grand étonnement, c'était devenu sa priorité.

CHAPITRE 38

Ajda et Jacques étaient dans la salle de réunion. Au moment où Nathan entra, ils se tournèrent ensemble vers lui, comme un seul homme. L'atmosphère était remplie d'électricité. La tension était à son comble.

– Que se passe-t-il ? demanda-t-il tout en déposant les deux boîtes sur la table centrale.

– On a du nouveau. C'est quoi ça ? ajouta Jacques en faisant un signe du menton en direction des deux boîtes.

– Du nouveau aussi, répondit Nathan d'un ton le plus neutre possible. Des biscuits faits maison pour vous par Viviane et les carnets des notes personnelles d'un pasteur de la paroisse d'Aurélie, en poste pendant plus de quarante ans.

– Viviane… releva Jacques avec un petit sourire. Tu l'appelles par son prénom ?

– Sans commentaire, dit Nathan.

Ajda les regarda les deux, l'un après l'autre. La vie privée de son chef ne l'intéressait pas et ses histoires de cul encore moins. La petite passe d'armes entre les deux mâles de son équipe la laissait complètement indifférente.

– Les carnets, intéressants ?

Ajda les ramena dans le dur de la réalité. Ils étaient là pour résoudre un meurtre. Point barre.

– C'est à toi de le dire, répondit Nathan, professionnel. Tu vas les décortiquer, un par un. Regarde celui-ci en premier.

Il ouvrit le carnet sur la table.

– Là, dans ce passage. Le pasteur parle de pierres dans une soupe, qu'un jeune ou qu'un gamin est obligé de manger. Il appelle ça le « poids du péché ». L'ado se suicide en 1977. Pendant que j'étais dans le bouchon à l'entrée de Lausanne, j'ai lu quelques autres pages. C'est du lourd. Il est évident que ce garçon, mentionné sous l'initiale S, est maltraité par son père. Sa mère est identifiée avec l'initiale F et sa sœur, avec l'initiale Y. D'autre part, le registre paroissial de l'année du suicide du jeune a disparu. La piste doit être creusée. Dans ce que j'ai parcouru, le pasteur a un lien spécifique avec la mère du garçon. Et il est proche de sa sœur. Avec cette référence aux pierres, la meurtrière a peut-être un rapport avec cette famille. Et vous, c'est quoi le nouveau ?

Ajda prit la parole après avoir concerté Jacques du regard.

– Ça va dans votre sens, chef. J'ai analysé les rapports de police concernant les décès entre 1981 et 1985. Il y en a deux qui me questionnent.

Ajda ouvrit un premier dossier sur la table. Ils touchaient le carnet et le coffre. Elle regarda Nathan un bref instant. L'instinct animal brillait dans ses yeux. Ajda avait serré sa proie.

– Le premier concerne l'accident de voiture d'un certain pasteur. En 1981. Celui qui a rédigé les carnets, il ne s'appelait pas Jacob Favre par hasard ?

Le cœur de Nathan fit un bref saut dans sa poitrine. Le hasard dans son métier n'existait que rarement. La coïncidence menant à la concordance des preuves, si.

– Continue, commanda Nathan.

– Trois semaines auparavant, un accident similaire s'est déroulé, entraînant le décès d'une mère. Sa fille adolescente, qui était côté passager, a été gravement blessée. L'enquête a conclu que les freins avaient lâché. C'est la répétition qui m'a mis la puce à l'oreille. Ou plutôt l'imitation. La meurtrière, car vous avez affirmé que Thierry et vous pensiez que c'était une femme, a imité à l'inverse le passage de la Bible pour Aurélie. Le cœur, la pierre… Là, ce sont les mêmes causes qui entraînent un accident mortel semblable.

Ajda déposa le second dossier à côté du premier.

– Pour celui-ci, il s'agit d'une affaire non élucidée, avec suspicion d'un suicide. Cela concerne le fils d'un gros producteur de fruits et légumes basé à Morges. Son père meurt d'une crise cardiaque en 1985. Et lui, il décède dans sa cabane de chasse en pleine forêt moins d'une quinzaine de jours après. La cabane a explosé à la suite d'une fuite de la bouteille de gaz trouvée sur place. Là encore, c'est un peu gros. L'enchaînement père-fils m'interpelle. C'est la même chose pour Georges et Louis Dutroit. Ils décèdent aussi de manière rapprochée, à quelques semaines d'intervalle.

– Tu penses que la voiture du pasteur a été trafiquée ? Par notre meurtrière ?

– C'est possible, non ?

Nathan hocha la tête. Ça sentait bon. Et pas seulement à cause de l'odeur des biscuits. Jacques avait ouvert la boîte et en dévorait goulûment un deuxième, en forme de sapin.

– Et toi Jacques, c'est quoi ta bonne surprise ? demanda Nathan un brin narquois.

– Tu n'as pas remarqué quelque chose sur notre schéma, chef ? dit-il en désignant d'un mouvement de la tête le tableau derrière lui.

Nathan jeta un regard noir à son coéquipier avant d'analyser le génogramme. Il était recouvert de nouveaux traits de couleur.

– Explique s'il te plaît.

– Vos désirs sont des ordres ou font désordre… À choix selon les jours.

– J'ai compris le message, Jacques. Je t'écoute.

– J'ai rencontré une cousine éloignée de la femme de Georges Dutroit à l'hôpital de Bellerive. Elle est âgée de 97 ans, en fin de vie. Ce qu'elle a raconté ouvre une piste sérieuse pour comprendre les motivations de la meurtrière.

Nathan était tout ouïe. Ajda en profita pour ouvrir un premier carnet. Elle connaissait la suite de ce que Jacques allait dire.

– Elle a partagé que Georges Dutroit avait violé une saisonnière tout juste majeure ou encore mineure, avec laquelle elle s'était liée d'amitié. Elle est tombée enceinte. Et ça a dérangé. Georges était déjà marié et jeune papa. Il y a eu un arrangement entre les hommes de la famille et le pasteur de leur paroisse. Ils l'ont sur le canton de Fribourg. L'enfant est sûrement né là-bas.

– Tu as pu récupérer les noms de la mère et de son bébé ?

– Juste le prénom de la mère, Mylène.

– Le témoignage de cette cousine est fiable selon toi ?

– À 100%. C'est un secret qu'elle a bien gardé.

– Pourquoi elle te l'a révélé ?

– Elle va mourir dans les heures ou les jours qui viennent. L'affaire d'Aurélie la bouleverse. Elle a besoin de parler. C'est maintenant ou jamais. Et puis Georges l'a violée, elle aussi. Quelques mois après Mylène. Elle avait alors 18 ans. Elle a craint d'être internée à son tour si elle parlait ou qu'il recommence si elle gardait le silence. Elle s'est enfuie à Genève, s'y est mariée et a coupé tout lien avec le reste de sa famille.

– Les internements forcés, c'était courant à l'époque ?

– Nous sommes en 1940, chef, répondit Ajda, le nez toujours plongé dans les carnets. En pleine guerre. Et les filles-mères étaient très mal vues. Il suffisait d'avoir un référent moral pour les faire interner. Les enfants étaient le plus souvent récupérés par ce référent puis confiés à un orphelinat. Ils étaient ensuite placés dans des familles, encore mineurs, pour être exploités aux travaux agricoles ou ménagers. Moyennant finances pour le référent qui faisait l'intermédiaire entre les institutions et les familles. Ce système juteux et inhumain a été dénoncé à la fin des années 80 par notre gouvernement fédéral. Les enfants de la communauté yéniche en ont malheureusement fait les frais. La police était de mèche. Ils les enlevaient, jusque dans les roulottes en présence des mères, pour les placer dans des familles d'accueil, des foyers ou des orphelinats. Le plus loin possible de leurs racines familiales. Les théories eugénistes avaient le vent en poupe à cette époque... On parle de plus de six cents enfants enlevés entre 1926 et 1972. La fondation privée Pro Juventute a participé à ce trafic avec la complicité de la Confédération[4]. Mylène, comme saisonnière, était probablement yéniche. Vous ne vous rappelez pas ce scandale ?

Jacques enchaîna. Son visage était grave. Sa voix pleine de colère.

– Et devine qui était le pasteur de la paroisse de Georges Dutroit à l'époque, membre de Pro Juventute ? Celui qui a dû être le référent moral pour Mylène ? Qui a dû appuyer la demande d'internement, mettre son enfant dans un orphelinat avant de le placer dans une famille qui l'a utilisé comme esclave moderne ? Tout en récupérant une jolie somme d'argent au passage en connivence avec la famille et la fondation ?

– Jacob Favre.

Nathan sentit le dégoût monter en lui. Toujours les mêmes salopards qui dominaient un système et en abusaient à leur profit en bousillant la vie des plus faibles. Rien de nouveau sous le soleil de l'humanité.

– Comment nous relions cette histoire à notre meurtrière ? Jacob Favre nomme S, Y, F. Il n'y a pas de M pour Mylène.

---

4. Pour plus d'infos :

– Si, dans ce passage de l'année 1940, ajouta Ajda d'un ton sec, en se levant et en montrant l'écriture serrée. C'est dans le second carnet écrit par le pasteur. Jacob Favre est arrivé à l'été 1939 dans la paroisse. *8 février 1940: M est enceinte de 5 mois. Ai convenu avec G et la police de son internement à Fribourg, le 10. Virement prévu le 12 et enveloppe le 15.* Et un peu plus loin… *M a donné naissance à une fille, F. Placée à l'orphelinat d'Aubonne. Je suis son tuteur légal. G finance par l'association PPT.*

– F, lâcha Jacques dans un petit cri de surprise. La mère de S et d'Y!

Ils se regardèrent tous les trois. Ils touchaient au but. Ils le sentaient par toutes les fibres de leurs corps.

– On fait une pause, dit Nathan en dénouant ses épaules. On ralentit deux minutes, on va boire un café et on y retourne. Avant d'aller plus loin, on analyse les carnets. Il faut trouver toutes les références et les recouper. G, c'est Georges Dutroit, M, Mylène. Ça confirme les dires de la cousine éloignée que tu as rencontrée ce matin Jacques.

– Brigitte, elle s'appelle Brigitte, murmura Jacques.

– Je résume, enchaîna Nathan. Georges a eu un enfant qu'il n'a pas reconnu avec Mylène, né en 1940. C'est une fille dont l'initiale du prénom est F. Qui a elle-même donné naissance à deux enfants S, un garçon et Y, une fille que le pasteur doit *garder à l'œil.* S s'est suicidé selon la date du carnet en 1977. Il faut trouver vers la fin des année 50, début des années 60, la mention de la naissance des enfants de F, S et Y. Elle a dû accoucher jeune. Nous recherchons aussi, dans les années 70 jusqu'à la mort du pasteur en 1981, des indications sur Y. Elle pourrait être notre meurtrière. Nous ne partons pas d'ici tant que nous n'avons pas trouvé son identité.

Nathan restait très calme, professionnel, ancré dans les faits. Ajda complétait le génogramme avec les dates et les initiales au fur et à mesure du résumé de Nathan. Les liens de parenté apparaissaient clairement. Elle se tourna vers son chef.

– Dans la paroisse, la pasteure ne connaît pas quelqu'un qui peut nous renseigner sur les agissements de Jacob Favre ? Qui l'a côtoyé ? Notamment à l'époque de son décès ?

– J'ai même mieux, répondit Nathan. Dès que l'on a corroboré notre hypothèse avec ce que nous allons trouver dans les carnets, je prends contact avec Jean-Charles Sonder, le président du conseil de paroisse. Il avait entre 20 et 30 ans quand Favre est mort. Sa famille est dans cette région depuis des siècles et très investie dans l'église. Allez, café !

Ils sortirent les trois en silence, chacun pensant à l'enjeu de ce qu'il y avait encore à découvrir.

CHAPITRE 39

Elle avait découvert qu'il aimait les hommes. À 17 ans, il avait déjà eu un amant. Jean, son cousin germain, n'aurait donc pas d'enfant. Mais comme cela faisait dix ans que le grand-père et l'oncle étaient morts, elle voulait se servir de cette date anniversaire pour continuer sa vengeance. En faire une belle fête. Et puis, c'était quand même un dégénéré qui devait finir en enfer.

En quelques jours, elle avait planifié comment elle allait le tuer. Elle le connaissait bien. Bénévole occasionnelle pour le catéchisme, elle lui avait donné des cours entre ses 10 et 12 ans. Il lui faisait confiance. Et avec la nouvelle organisation régionale des paroisses, elle côtoyait sa petite sœur Emmanuelle qui faisait partie d'un des groupes pour lesquels elle assurait les bricolages.

Lorsqu'il était venu chercher Emmanuelle mercredi dernier devant la maison de paroisse, à la fin de la séance, elle lui avait brièvement parlé. Elle lui avait donné rendez-vous le lendemain soir au bord du lac, en lui expliquant que c'était important. Que cela concernait sa sœur. Et qu'elle ne pouvait pas le voir plus tôt dans la journée, ni lui dire par téléphone de quoi il s'agissait. Il fallait que cela reste secret et qu'il soit discret. Intrigué et soucieux du bien-être d'Emmanuelle, il lui avait affirmé qu'il serait bien présent. Leur mère était décédée à sa naissance. Il se sentait responsable de sa petite sœur qui lui vouait une admiration sans bornes.

Quand Emmanuelle s'était tournée vers elle pour la remercier de l'aide apportée pour la fabrication du photophore à mettre sous le sapin de Noël, elle avait quand même ressenti une bouffée de haine. Cette petite sotte avait eu tout le bonheur qu'elle n'avait jamais connu. Qu'elle ne connaîtrait jamais. À 28 ans, sa vie était certes confortable, sans aucune mesure avec celle de son enfance, mais elle venait d'apprendre qu'une sale maladie commençait à la ronger. Elle allait devoir suivre un traitement lourd. Dieu la mettait à nouveau à l'épreuve. Elle ne le décevrait pas.

À l'heure dite, Jean l'avait rejointe sur la barque posée contre la berge, dans laquelle elle l'attendait. Il faisait un froid de canard. La bise faisait trembler les branches et transperçait les os. La nouvelle lune n'apportait aucun brin de lumière. Les ténèbres les enserraient. Elle avait sorti sa bouteille isotherme et lui avait offert une timbale de vin chaud aromatisé à la cannelle. Il était chargé d'un puissant mélange de somnifères et d'anxiolytiques. Elle avait utilisé l'ordonnance faite par l'oncologue pour se procurer les médicaments en toute légalité. Jean, bien élevé et toujours aussi charmant, n'avait pas refusé. En plus, il avait froid. Ils avaient pris le temps de discuter de tout et de rien pendant quelques minutes avant d'entrer dans le vif du sujet. Il avait tout bu rapidement, pressé de savoir la raison de tous ces mystères.

– Que se passe-t-il avec Emmanuelle ? lui demanda-t-il en fronçant légèrement les sourcils.

– J'ai remarqué que son comportement a changé depuis quelques semaines, répondit-elle avec sérieux. Je crains qu'elle ne se fasse embêter par un groupe de deux-trois garçons des villages, qui sont avec elle au catéchisme.

– Comment ça ? enchaîna-t-il inquiet.

– Hier, elle est allée aux toilettes, deux garçons l'ont suivie. Elle en est revenue en pleurs. Je lui ai demandé ce qui s'était passé. Elle n'a pas voulu répondre. Ni à moi, ni aux autres catéchètes.

– C'était qui ?

– Denis et Gilles Brandin. Ils sont cousins germains. Ils habitent Saint-Oyens. Leur grand-père est très connu. Tu vois de qui je parle ?

– Pas vraiment.

– Je ne veux pas t'embêter avec ça. Mais je préfère tout de même te prévenir. Je sais que tu es proche de ta sœur.

– Tu as bien fait. Je te remercie, dit-il d'une voix pâteuse.

Les médicaments commençaient à faire effet. Ses paupières s'affaissaient.

– Je t'en prie. C'est normal de se soutenir entre membres d'une même famille. Nous sommes solidaires, non ?

Jean la regarda avec surprise. Il luttait pour ne pas sombrer dans l'inconscience. Elle vit qu'il ne comprenait pas ce qui était en train de lui arriver. Il tenait sa tête entre ses mains. Son corps se mit à dodeliner légèrement. Un filet de bave coula le long de son menton. Elle le fit s'allonger dans la barque. Avec une vraie douceur. Il n'offrit aucune résistance.

– Oh, c'est vrai ! J'ai oublié de te dire. Je suis ta cousine germaine. C'est sympa, non ?

– Que veux-tu ? murmura-t-il difficilement.

– Te tuer, affirma-t-elle dans un petit rire sordide.

– Pourquoi ? réussit-il à dire dans un dernier chuchotement, le visage crispé par l'effroi.

– Tu ne l'as pas appris au catéchisme ? C'est dans le livre de l'Exode pourtant… « Moi, le Seigneur, ton Dieu, je suis un Dieu jaloux, qui punit l'infidélité des pères sur les enfants, jusqu'à la troisième et la quatrième génération. »

Il sombra aussitôt dans le sommeil éternel. Il ne sentit même pas l'eau glacée envahir ses poumons quand elle le renversa dans le lac quelques instants plus tard.

Elle le regarda flotter à la surface un long moment. Cela l'hypnotisait. Puis, elle accosta sur la petite plage avant de remettre la barque à flot. Elle avait pris soin de retirer la couverture qui cachait le matériel de pêche qu'elle avait subtilisé la nuit dernière dans la grange. Les Dutroit la laissait toujours ouverte. Ce qu'ils peuvent être cons ! *dit-elle à voix haute en remontant le chemin jusqu'à son vélo. Elle accéléra le pas. Elle avait très froid. Elle ne sentait déjà plus le bout des doigts de sa main droite.*

CHAPITRE 40

Aux jours les plus courts, la nuit était noire quand ils avaient levé la tête des carnets. Ils avaient ainsi retracé une chronologie assez claire des événements liés aux descendants de Mylène. Sa fille F, après l'orphelinat, avait été placée à 15 ans dans une famille de la paroisse. Un an après, elle était tombée enceinte du fils. Le pasteur, son tuteur, avait autorisé son mariage comme mineure. Elle avait donné naissance à une fille Y, en 1963, puis à un garçon S en 1965. F était ensuite tombée malade, probablement à cause des mauvais traitements qu'elle subissait. Georges Dutroit avait régulièrement réalisé des versements à l'association gérée par le pasteur. Dons volontaires ou chantage ? La question demeurait entière. Concernant Mylène, elle était décédée dans l'institution psychiatrique fribourgeoise en 1975. Ils avaient aussi découvert qu'en 1973, le beau-frère de F était mort dans un accident de bûcheronnage, son mari en 1978 d'une crise cardiaque et elle de maladie, quelques mois plus tard. Y était donc devenue orpheline. Sa grand-tante l'avait recueillie jusqu'en 1981, année de sa mort et de celle du pasteur Favre. Durant cette même période, Y avait validé son diplôme d'assistante comptable et avait été embauchée comme secrétaire remplaçante dans la paroisse pour l'été, tout juste majeure.

Ajda avait maintenant comme mission de rechercher un maximum d'informations sur l'institution de Fribourg et l'orphelinat d'Aubonne. Jacques était reparti sur son ordinateur pour trouver par recoupement dans les archives en ligne les mariages, les naissances et les décès des personnes concernées. Les trois restaient calmes et concentrés malgré l'effervescence intérieure. Les noms allaient tomber dans très peu de temps et les photos d'identité avec. Ils pourraient alors balancer le tout à Thierry et analyser les vidéos.

Nathan en profita pour composer le numéro du président du conseil de paroisse afin de glaner quelques précieux renseignements. Une voix féminine lui répondit.

– Bonsoir madame, je cherche à joindre en urgence Jean-Charles Sonder. Je suis l'inspecteur Nathan Redlink et il m'a donné aujourd'hui même ce numéro.

– Tout à fait, inspecteur. Mon mari m'a parlé de vous. Il est en examen médical. Rien de grave, rassurez-vous. Il va sortir d'un instant à l'autre. Je lui dis de vous rappeler ?

Nathan hésita brièvement.

– Oui, volontiers. Cependant, est-ce que je peux vous poser quelques questions ?

– Bien entendu, répondit-elle surprise.

– Êtes-vous de la région ?

– Oui, j'y suis née. À Essertines précisément.

– Vous avez rencontré votre mari à quelle occasion ?

Elle émit un petit rire.

– Nos familles se connaissent depuis toujours. Nous nous sommes côtoyés dès l'enfance. Pourtant, bien qu'amoureuse de mon mari depuis mes 15 ans, nous avons attendu nos 23 ans pour nous marier. C'est moi qui lui ai fait la cour !

La voix de Madame Sonder était joyeuse.

– Avez-vous connu le pasteur Jacob Favre dans votre jeunesse ?

– Oui, répondit-elle sur un ton bien plus sérieux. C'est avec lui que nous avons fait notre catéchisme, notre confirmation et même notre mariage.

– Il était comment ?

– C'est-à-dire ?

– Sa personnalité ?

– Je n'aime pas critiquer les défunts, inspecteur. Mais il était froid, dur. J'avais peur de lui. Tout le monde avait peur de lui.

– Vous souvenez-vous des circonstances de sa mort ?

– Bien entendu, Jean-Charles et moi avions 30 ans. Le pasteur est décédé dans un accident de voiture. Jean-Charles est d'ailleurs entré au conseil de paroisse quelques mois après.

Nathan était certain d'être au téléphone avec la bonne personne. Il touchait au but. Il inspira profondément.

– Quatre ans avant son accident, un jeune ou un adolescent de la paroisse s'est suicidé. Ça vous dit quelque chose ? demanda-t-il avec fermeté.

Madame Sonder resta silencieuse pendant de longues secondes. Nathan attendit patiemment. L'instant était crucial.

– Vous me ramenez à une bien triste époque, inspecteur.

– Madame Sonder, c'est important…

– Il s'agit de Serge. Je le connaissais ce pauvre gamin. J'aidais au catéchisme des plus jeunes adolescents à l'époque. Il ne venait pas très régulièrement. C'était un enfant renfermé, triste. Ça se voyait qu'il n'allait pas bien. Une fois, il est venu avec des marques au visage. Avec ma collègue, nous l'avons signalé au pasteur. La semaine d'après, le pauvre petit était mort. Ça m'a brisé le cœur. J'étais en colère et je me sentais coupable de ne pas avoir fait plus pour cet enfant. À la suite de ce drame, j'ai arrêté de m'investir dans la paroisse.

– Il avait une sœur, non ?

– Tout à fait, répondit-elle avec surprise. Elle s'appelait Yvette. Elle était proche du pasteur. L'été de sa mort à cause de son accident de voiture, elle avait même remplacé la secrétaire de paroisse. Elle aussi, elle était secrète et assez spéciale. J'étais plus âgée qu'elle, d'une dizaine d'années. Je ne l'ai pas eue comme élève au catéchisme. J'ai commencé à prendre en charge des groupes juste après sa confirmation, je pense.

– Vous vous souvenez de leur nom ?

– Attendez… Serge et Yvette Lefroy. Ça me revient bien. Les Lefroy, triste histoire… Oh, mon mari vient de sortir. Je vous le passe.

Nathan l'entendit raconter à son époux leur conversation en quelques phrases. Jean-Charles semblait pris de court.

– Bonsoir, inspecteur. Vous avez des questions sur les Lefroy, demanda-t-il avec une pointe de stress dans la voix.

– Merci de me répondre Jean-Charles, répondit Nathan pressé. J'espère que votre examen s'est déroulé au mieux.

– Je vais bien. Que puis-je pour vous ?

– Pouvez-vous s'il vous plaît me donner le prénom de la mère de Serge et d'Yvette ?

– Tout à fait. Elle s'appelait Florence. Mon père la suivait de loin. Elle était orpheline. Comme président du conseil de paroisse, le pasteur lui avait demandé d'être son parrain à l'occasion de son baptême. Le pasteur était son tuteur. Toute jeune, elle a été placée chez les Lefroy et s'est mariée avec un des fils. Elle était un peu simple d'esprit, mais très gentille au demeurant !

– Vous avez connu sa fille Yvette ?

– Bien sûr ! Après la mort du pasteur Favre, Yvette est partie vivre dans la paroisse voisine. Elle nous aide chaque année pour notre fête de paroisse qui a lieu en octobre. Et aussi pour trier les habits au vestiaire solidaire à Longirod deux fois par an. À part ça, on ne la voit quasiment jamais. Elle a aussi enseigné quelques années le catéchisme aux jeunes adolescents dans l'autre paroisse.

– Elle habite où ?

– Sur Tartegnin. Et elle travaille à la commune de Gilly. Comme secrétaire au service de comptabilité. Ma belle-sœur y est aussi employée. Mais Yvette a une petite santé. En ce moment, elle est en arrêt prolongé.

Écoutez… Je suis très gêné de parler d'elle comme ça. Que se passe-t-il ?

– Je ne peux rien vous dire mais c'est vraiment important, affirma Nathan.

– Inspecteur, appelez Viviane alors. Yvette a un entretien pastoral en ce moment même avec elle.

Nathan blêmit.

– Un entretien ?

– Oui. Viviane m'en a parlé ce matin car la démarche d'Yvette lui pose question.

– Vous pouvez m'en dire plus ?

– Yvette est en fin de vie. Elle en a parlé ouvertement mi-octobre, à la dernière fête de paroisse. Elle va faire appel à Exit la semaine prochaine et a demandé à Viviane de l'accompagner dans sa démarche. Ce qui nous a beaucoup étonnés Viviane et moi.

– Pourquoi ? pressa Nathan.

– Parce que dans la logique des territoires, elle aurait dû demander à son pasteur. Et surtout, parce qu'elle n'a aucun atome crochu avec Viviane. Yvette est très conservatrice, comme l'étaient le pasteur Favre et le pasteur Drumont après lui.

– Vous pouvez m'en dire un peu plus ?

Nathan était dans l'urgence.

– Yvette a des idées rétrogrades. Pour elle, un pasteur, cela doit être un homme, pas une femme. Sur la question de l'au-delà, elle croit que l'enfer et le paradis existent. Et que suivant nos actions, on va là ou là après sa mort. Elle croit au jugement de Dieu, à un Dieu qui condamne, qui punit. Viviane, à l'inverse, explique que pour elle, après la mort terrestre, il y a une espérance de vie pour tous, mais pas d'enfer ou de paradis. Elle est une pasteure progressiste qui officie pour des mariages de couples homosexuels ou des baptêmes d'enfants issus de parents du même sexe. Yvette est clairement opposée à ces pratiques.

– Selon vous, Yvette connaissait Aurélie ?

Jean-Charles prit quelques secondes pour lui répondre. Sa voix tremblait. Il venait de comprendre.

– Bien entendu. Notamment par le catéchisme.

– Je dois y aller. Je vous tiens au courant.

Nathan coupa la conversation. Il se rua dans la salle de réunion. Il y retrouva Ajda et Jacques. Le temps était compté.

– Elle s'appelle Yvette Lefroy, déclara sobrement Nathan. Ajda, tu me trouves tout ce qu'il existe sur elle. Elle est en ce moment même avec Viviane, à son bureau. Je pars pour Gimel. Ajda, tu contactes aussi le procureur. Tu obtiens l'autorisation pour faire dans l'heure une perquisition chez elle. Jacques, c'est toi qui t'y colles. Tu pars à son domicile. Maintenant. C'est à Tartegnin. Tu demandes des renforts sur place. Si tu la vois, tu l'interpelles. J'appelle la police à Gimel pour envoyer une patrouille à la maison de paroisse.

– Je balance tout à Thierry, chef? demanda Ajda toujours aussi professionnelle.

– Oui et tu m'envoies la photo d'identité d'Yvette au plus vite. Tu analyses en parallèle les images de l'enterrement.

– Ok.

– Nathan, les routes sont difficiles. La neige tombe à fond, ajouta Jacques sous stress.

– On n’a pas une seconde à perdre. On y va Jacques. Direct.

Jacques hocha la tête en attrapant la clé de sa voiture. Nathan était déjà dans le couloir, le téléphone sur l’oreille. Les visages étaient graves. Pas besoin de sous-titres de leur chef pour comprendre que Viviane était en danger.

CHAPITRE 41

Nathan avait téléphoné à Viviane cinq fois, sans réponse. Il craignait le pire. La police locale était en train de se rendre chez elle. Il attendait leur appel d'un moment à l'autre. Il essayait de rester concentré sur sa conduite. La visibilité était mauvaise. Il avait dû prendre les routes secondaires. Un accident sur l'autoroute bloquait la circulation. La neige n'avait pas été encore suffisamment évacuée. Jacques galérait aussi pour se rendre à Tartegnin.

Ajda lui avait transmis plusieurs photos d'Yvette Leroy en moins de dix minutes. Elle avait une petite soixantaine d'années. C'était une belle femme avec un visage austère et un regard glacial.

Il prit l'appel de sa coéquipière en Bluetooth à la première sonnerie. Son sang-froid était mis à rude épreuve.

– Je viens de parler avec Thierry, informa Ajda. Yvette était là. À l'enterrement. J'ai visionné les images qu'il vient de me transmettre. On la voit derrière une colonne située au fond et à gauche de l'église. Elle reste sans bouger, les poings fermés. Elle observe la famille qui se recueille, après la cérémonie. Puis, elle range les livrets. Nous sommes sur la vidéo en même temps qu'elle, chef. Nous sommes passés à côté d'elle.

Ajda était en colère, d'abord contre elle-même. C'était clair qu'ils étaient passés à côté d'elle dans tous les sens du terme. Obnubilés qu'ils étaient par l'idée qu'Aurélie avait été assassinée par un homme.

– Tu as d'autres infos ?

– Oui, sur sa situation médicale. Son oncologue a été coopératif. Yvette est en stade terminal, cancer généralisé. Il y a trois mois, elle a arrêté la chimiothérapie et refuse tout soin depuis. C'est une deuxième récidive. D'un cancer des ovaires traité la première fois il y a trente ans. Il a ensuite migré dans les poumons. Puis dans les seins, le foie et les os depuis deux ans. Elle souffre. Pour être debout à l'enterrement et donner le change, elle devait être dopée. Cocaïne ou autre…

– Des nouvelles du proc' ?

– Son assistante essaye de le joindre. Il est à la salle de sport.

– J'ai un double appel. Je te laisse.

Il appuya sur la touche de l'écran de sa voiture.

– Inspecteur Redlink, j'écoute.

– Officier de police Morel à l'appareil. Nous sommes dans la maison de paroisse, répondit un homme d'une voix étouffée. Le bureau est ouvert. Il n'y a personne. On a sonné au domicile de la pasteure. Pas de réponse. La porte est fermée à clé. Il y a de la lumière. Mon collègue a fait le tour. Les rideaux sont tirés. Aucune visibilité à l'intérieur. Il a crié pour l'appeler, sans succès. Ce n'est pas dans nos prérogatives de forcer sa porte. Vous arrivez quand ? Vos consignes ?

– Vous entrez par n'importe quel moyen. Je suis là dans moins de cinq minutes. Vous sortez vos armes de poing.

Nathan entendit l'officier soupirer. Il n'était pas habitué à recevoir ce genre d'ordres, ni à faire face à une telle situation.

– C'est compris.

– Je veux des infos en direct.

– Affirmatif.

Nathan arriva en bas du dernier virage menant à Gimel au même moment. Son gyrophare lui permettait de doubler les autres véhicules sans encombre, mais sa vitesse excessive le faisait régulièrement déraper. Il réussit tout de même à finir sa course sans encombre sur le parvis du temple et sauta hors de sa voiture sans prendre le temps de fermer la porte. Son téléphone sonnait. Il ne répondit pas et s'engouffra dans le hall de la maison de paroisse. Des voix paniquées montaient de l'appartement de Viviane.

– Une ambulance, en urgence, demandait une policière en criant au téléphone.

Nathan ne lui jeta pas un regard. Il avait enregistré l'information. Il se précipita dans le salon. L'odeur du sang, lourde, tenace, écœurante le guidait. Il ne la connaissait que trop bien. Il sortit sa carte pour la montrer à celui qui montait la garde devant la porte, sans s'arrêter. Viviane était allongée par terre, les bras en croix, les jambes allongées l'une contre l'autre. Inconsciente. Un policier agenouillé lui prenait le pouls.

– Elle est vivante, souffla-t-il à Nathan. Son pouls est très faible.

Elle avait perdu beaucoup de sang. Il s'étalait sous elle, tout autour d'elle. Elle était nue. Blessée au flanc gauche, entre les côtes et la hanche. Un coup de couteau assurément. Ses mains et ses pieds étaient transpercés en leur milieu. Ils assistaient à une scène de crucifixion à l'horizontal. Nathan enleva sa veste et s'en servit pour faire un point de compression sur la plaie hémorragique.

– L'ambulance, combien de temps, hurla-t-il ?

– Quatre minutes, répondit la policière d'une puissante voix depuis le hall.

– Entourez ses pieds et ses mains de serviettes, ramenez-en d'autres, commanda-t-il au policier à côté de lui.

– Bien inspecteur, dit-il en se relevant.

Il titubait légèrement, choqué.

– La salle de bains est au fond à gauche. Vite !

Nathan resta seul avec Viviane.

– Tiens le coup ! Lâche pas ! Lâche pas !

Le policier revint rapidement et s'exécuta, entourant les pieds et les mains de Viviane avec précaution.

– Reprenez son pouls, dit Nathan en renforçant la pression avec une nouvelle serviette.

– Il est filant. On est en train de la perdre.

– Quand vous ne l'entendez plus, vous prenez ma place et je fais un massage cardiaque, compris ?

– Affirmatif.

Ils se regardèrent un bref instant. Ils étaient pleinement concentrés face à l'urgence de la situation.

– Je ne l'ai plus.

Nathan changea de position et attaqua le massage cardiaque. Le policier essayait d'endiguer le sang qui imbibait la serviette, toujours plus et sans équivoque. Viviane ne réagissait pas. Le médecin ambulancier débarqua à ce moment-là. Nathan marmonna quelques mots à son intention, entre deux mouvements sur le thorax de Viviane.

– En arrêt cardiaque depuis deux minutes. Poignardée à gauche. Hémorragie.

Le médecin sortit une seringue remplie d'adrénaline de son sac et piqua Viviane à la première veine trouvée dans le bras. Le reste de l'équipe arriva et prit le relais. Nathan et le policier, les habits couverts de sang, se mirent de côté. Quelques secondes plus tard, le cœur de Viviane se mit à battre de nouveau. Nathan sentit ses jambes le lâcher. Il s'appuya lourdement contre le mur. Stabilisée, les urgentistes posèrent Viviane sur un brancard et l'évacuèrent au plus vite, en direction du champ voisin. Un hélicoptère allait s'y poser d'un instant à l'autre pour l'emmener à l'hôpital à Lausanne. La policière qui se chargeait de la communication avec les secours avait fait du bon boulot.

Nathan partit se laver les mains dans la cuisine. Deux biscuits étaient posés sur une petite assiette en porcelaine délicatement fleurie, au milieu de la table.

CHAPITRE 42

Elle les avait entendus venir, alors qu'elle fermait la porte à clé. Ce n'était pas important. Ils arrivaient trop tard. Elle avait déjà eu le temps de changer d'habits et de chaussures tout en regardant la pasteure se vider de son sang. Elle l'avait droguée avec un sévère mélange de Kétamine et de GHB. C'était tellement facile de s'en procurer sur le dark web, son terrain de jeu préféré. Elle en avait toujours une réserve à domicile, quand elle voulait s'amuser avec ses petits animaux. Elle le lui avait fait boire, sans qu'elle s'en rende compte, dans le thé qu'elle lui avait amené dans une bouteille isotherme. Une boisson anti-rhume à base de gingembre… La pasteure n'avait pas refusé. On ne refuse rien à quelqu'un en phase terminale, *avait-elle pensé de manière pragmatique. Ainsi, en moins de vingt minutes, elle s'était endormie. Quand elle l'avait entaillée, elle n'avait même pas réagi. Son seul regret.*

Elle respira l'air frais. Tout était sous contrôle. Pour tenir son alibi, il fallait juste qu'elle soit à la réunion de la chorale du village d'ici un quart d'heure. Elle avait misé sur la neige pour justifier son retard. Elle ne la verrait pas mourir, mais c'était du pareil au même. Elle avait jeté un dernier regard au corps inanimé. Le sang qui avait créé une petite flaque de plus en plus grande l'avait réjouie. Elle avait bien aimé le tableau que formait le corps nu, blanc, en contraste avec le rouge vif. Cette petite pute qui se croyait supérieure allait crever toute seule. De toute façon, elle devait mourir. Viviane avait commencé à la soupçonner sérieusement. Elle lui avait téléphoné une heure avant leur rendez-vous, pour soi-disant le confirmer. Elle en avait profité pour lui demander si elle avait bien aimé le culte des feux de l'Avent. Et si assister à l'enterrement d'Aurélie ne l'avait pas trop affectée, puisqu'elle l'avait eue dans son groupe de catéchisme pendant quelques années. Elle était restée très vague dans ses réponses. Après avoir raccroché, elle avait tout de suite préparé le thé. Son ton ne lui avait pas plu. Et puis, elle ne la supportait pas. Cette pasteure était une parvenue. Une honte. Toujours à bavasser sur le pardon et l'amour de Dieu. Au lieu de rappeler la repentance pour le poids du péché. Bien fait pour elle. Maintenant elle allait connaître le jugement de Dieu après avoir goûté à celui de son humble servante. Elle leva les yeux au ciel. Il était sombre.

Elle marcha rapidement en direction de sa voiture garée un peu plus bas. En mettant le contact, elle aperçut un véhicule avec un gyrophare se diriger vers le temple. Pour une raison qu'elle n'arrivait pas à s'expliquer, quelqu'un avait dû trouver la pasteure. Une voiture de police, plus une autre banalisée avec un gyrophare, les deux à la même adresse, ce n'était pas anodin. D'autant plus que c'était un peu trop tôt selon son plan. Aussi, elle roula plus prudemment que d'habitude et décida de rentrer directement chez elle. La douleur dans le dos se réveilla alors brusquement et la fit souffrir atrocement. Elle n'avait pas le choix. Elle devait prendre de la morphine le plus rapidement possible.

La porte du parking souterrain de son petit immeuble coulissa sans bruit, dans l'ambiance ouatée du paysage enneigé. Les lumières automatiques l'accueillirent de manière impersonnelle. Elle appréciait. Elle passa par le local à poubelles pour jeter le sac d'habits dans le container approprié, avant de monter dans l'ascenseur pour le quatrième étage. Quand les portes s'ouvrirent, elle vit un grand monsieur qui se tenait devant chez elle. Ça ne lui plut pas du tout. Elle avança à peine d'un mètre dans sa direction et s'arrêta à bonne distance.

– Madame Lefroy ? demanda Jacques poliment.

– Oui, que voulez-vous ? répondit-elle avec calme.

– Je suis de la police. Voici ma carte, dit-il en la lui montrant de loin. Puis-je entrer et vous poser quelques questions ?

– Me poser des questions, oui. Entrer, non. Je tiens à la propreté de mon intérieur.

– Je crois que vous n'avez pas le choix, madame. J'ai en ma possession une autorisation pour réaliser une perquisition chez vous, signée par le procureur.

Il lui tendit le précieux sésame du bout des doigts. Elle ne prit pas la peine de le regarder. Elle semblait complètement ailleurs. Elle faisait peine à voir. Plus que la peau sur les os et un visage mangé par des yeux fous. Et pourtant, elle venait de torturer sous soumission chimique et de commettre une tentative d'homicide volontaire. Avec préméditation. Tout en elle respirait le danger imminent, la haine sirupeuse.

– Je refuse, siffla-t-elle entre ses dents serrées.

– Alors, je vais devoir vous menotter pour pouvoir effectuer mon travail.

Elle ne comprenait pas ce qu'il lui disait. Ses habits étaient froissés, son hygiène paraissait douteuse. Non, il ne devait pas entrer et tout salir avec ses microbes dégueulasses. Elle resta immobile. Jacques s'approcha doucement, les liens en plastique à la main. C'en était trop.

Hors de question que ce nouveau connard s'introduise chez moi ! Hors de question qu'il trouve mes trésors !

Elle sortit le couteau de la poche intérieure de son manteau. Jacques marqua un bref temps d'arrêt. Elle savait qu'elle n'aurait pas le dessus. La violence de la douleur la faisait trembler. Dans quelques secondes, il serait sur elle. Il la toucherait. Non ! *Elle se planta la lame dans la gorge. Elle entendit le cri du policier avant de sombrer.*

CHAPITRE 43

Quand il passa la porte de la chambre 403 de l'hôpital à Lausanne, il oublia le cœur d'Aurélie enfermé dans un bocal rempli de formol. Il avait été retrouvé dans le placard du cellier, au milieu d'autres, qui contenaient des cadavres de chatons et des tissus à analyser. L'appartement d'Yvette Lefroy avait révélé de nombreuses preuves. Des objets, des dossiers de la paroisse, des stupéfiants... Son équipe était en train de relier les différents éléments. L'enquête serait complètement bouclée début janvier.

Ajda était partie la veille et Jacques le matin même. Un temps pour tout. Ils avaient tous besoin d'une trêve, de récupérer un peu face à l'horreur de ce qu'ils avaient découvert. Les fêtes de Noël étaient parfaites pour ça.

Deux paires d'yeux bleus se posèrent sur lui, avant même qu'il puisse dire bonjour à Viviane allongée sur le lit. Elles appartenaient aux enfants des photos qu'il avait vus chez elle.

– Bonjour Nathan, dit-elle joyeusement. C'est gentil de venir me rendre visite. Je te présente mon neveu, Hugo et ma nièce Maëlys. Et la dame à côté d'eux est ma chère sœur, Cynthia.

– Enchantée de faire votre connaissance, ajouta Cynthia en prenant sa petite dernière dans les bras.

Son regard malicieux ne quittait pas Nathan.

– Tout le plaisir est pour moi.

– On n'en doute pas ! ajouta la sœur dans un petit éclat de rire. Pardonnez mon humour, mais je suis tellement heureuse que ma Viviane soit en vie ! J'ai des accès de bonheur incontrôlés.

La bonne humeur de Cynthia lui plut immédiatement. Elle dégageait la même énergie que Mathilde. Nathan lui renvoya un sourire. Forcément irrésistible malgré lui. Cynthia se tourna vers sa sœur et lui fit un clin d'œil.

– Bon, nous vous laissons tranquilles. On va rejoindre le reste de la famille. Et demain, on envahit cet hôpital pour le repas du midi. On fait une bise à tata Vivi et hop, dehors les petits amours.

Maëlys et Hugo firent des gros bisous baveux à leur tante et un timide au revoir de la main à Nathan, avant de partir en remuant dans tous les sens. Ils étaient tout excités. La distribution des cadeaux, c'était pour cette nuit ! Cynthia referma la porte derrière elle avec un tonitruant *Joyeux Noël les chéris*. Viviane était rouge comme un coquelicot.

– Désolée pour le peu de discrétion de ma sœur, murmura-t-elle en se redressant sur le lit avec une grimace de douleur. Elle a un tempérament de feu mais un cœur énorme.

– En parlant de cœur, il paraît que le tien se porte bien, tata Vivi, dit Nathan en s'approchant doucement.

Il plongea son regard dans le sien et déposa un baiser sur ses lèvres. Viviane lui sourit tendrement.

– On ne peut mieux.

Cette veillée du 24 décembre s'annonçait très agréable.

REMERCIEMENTS

Un immense merci à la Tribu Trüb très très très élargie pour son soutien et ses conseils avisés, avec une mention spéciale à Sarah. À Rodolphe, qui a ouvert et géré l'espace-temps bienfaisant, nécessaire à l'écriture finale. À Laurence et Luc-Eric, pour leur douce présence aux prémices de cette aventure. À mes sources sororelles inspirantes, Sophie, Myriam, Laurence, Sandra, Céline, Anouchka, Viviane… Et ma consœur Carolina avec qui nous avons créé la liturgie inclusive et les tentes rouges spirituelles au sein du Lab. Aux paroissiennes et paroissiens de l'ancienne région 3 « La Côte » de l'EERV ainsi que de l'EPG, en particulier de ma paroisse incroyable de Jussy-Gy-Meinier-Presinge-Puplinge. Merci pour votre confiance. C'est au fil de vos étapes de vie que je grandis. Cela étant, tous les personnages de ce roman sont pure fiction ! Je garde précieusement vos secrets !

Merci à Odile de Simeone Photo pour le shooting rempli d'émotion avec maman.

Merci à Sophie Rossier, mon éditrice, accompagnée d'Aline, pour oser et y croire, pour la constance du soutien, pour la bienveillance de l'accompagnement.

Si vous voulez aller plus loin, je vous conseille les cours du professeur Thomas Römer « Milieux bibliques » au Collège de France en accès libre[5], ainsi que son petit ouvrage juste parfait : *Naissance de la Bible. Comment elle a été écrite*, la petite bédéthèque des savoirs, tome 23. Et toujours au Collège de France, les cours passionnants de paléoanthropologie du professeur Jean-Jacques Hublin.

Concernant les descriptions des services de police, elles ne reflètent guère la réalité. Veuillez pardonner les erreurs et imprécisions.

Pour me contacter : vanessatrub.polar@gmail.com et sur Instagram :

VANESSATRUB.POLAR

5.

Dans la même collection aux Éditions Favre

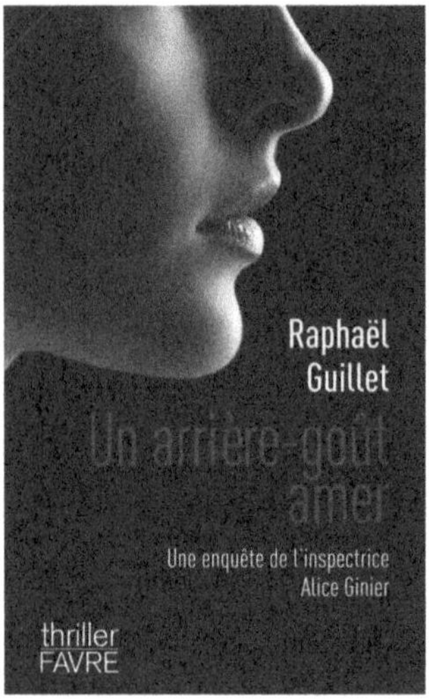